...DE COLLECTION NATIONALE

20 c.
L'OUVRAGE COMPLET

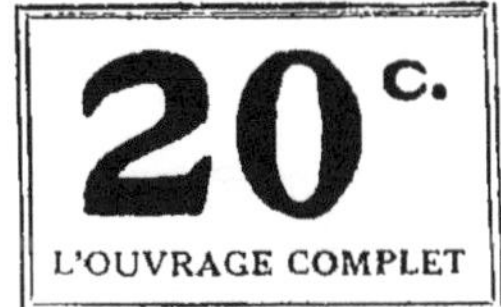

GEORGES BEAUME

TROTTIN DE PARIS

... n'est pas seulement le trottin de ... n sac ant et moqueur, que représente ... du roman de Georges Beaume, c'est ... a femme avec sa coquetterie parfois ... son besoin de luxe et sa ... e contre les tentations ... grande ville.

... ROUFF, éditeur.
... du Maine, PARIS (XVᵉ)

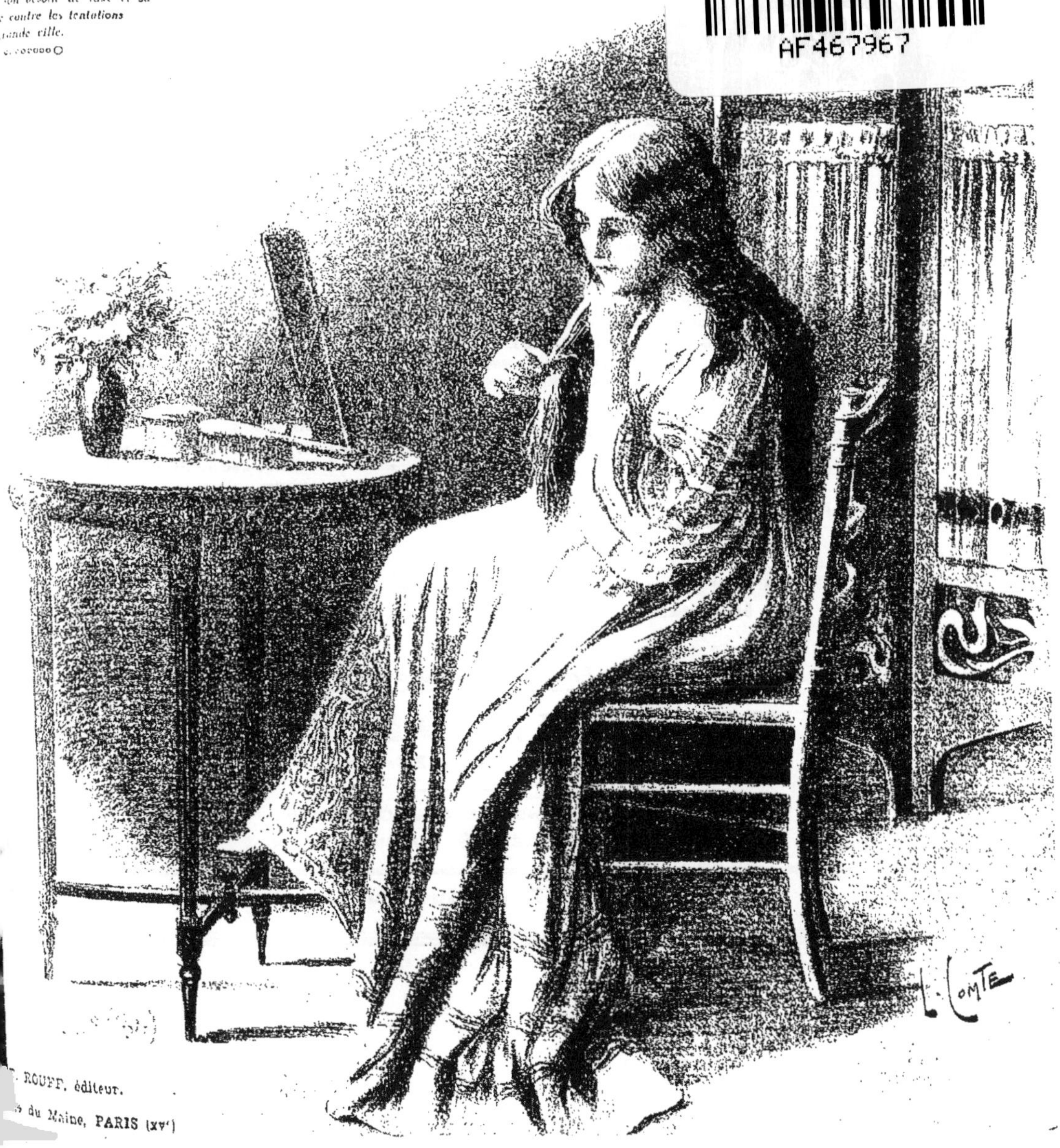

IMPRIMERIE PAUL DUPONT
THOUZELLIER, Dr
4, RUE DU BOULOI, PARIS

TROTTIN DE PARIS

CHAPITRE PREMIER

Ce soir doux de novembre, le soleil enveloppait Paris d'une lumière d'or. Par les boulevards, la foule s'écoulait nonchalante, avec une rumeur de rivière entravée de rochers. A travers la foule, Sébastien Lampéric errait au gré de son caprice, provoquant de son œil hardi les femmes, les coudoyant sans vergogne. Depuis une demi-heure, il était sorti de son ministère, au delà de la Seine, et il atteignait à peine la place de l'Opéra. Les femmes, lorsqu'elles l'apercevaient, surprises de sa petite taille épaisse, de sa tête énorme, ronde, coiffée d'un reluisant chapeau de soie, souriaient de ses prétentions. Employé à deux cents francs par mois, il n'aurait pu se divertir beaucoup, si, de là-bas, de Nézignan-l'Evêque, la vieille cité de l'Hérault où il était né, sa mère ne lui eût envoyé, tous les mois, une somme égale à celle de ses appointements. Bien qu'âgé de trente ans, il n'avait pas perdu le goût, depuis huit ans qu'il habitait Paris, des amourettes de rencontre, à la mode de sa province.

Sur le boulevard des Italiens, un magasin de joaillerie attirait les badauds. Dans la vitrine, des feux tournaient, ainsi que des miroirs à alouettes, allumant l'éclat des bijoux et des diamants faux, sur des étagères blanches. Parmi les badauds, Sébastien remarqua une jeune fille forte, bien moulée de partout, qui le dépassait de la tête. Elle était d'une blondeur rose, avec des yeux bleus, une bouche charnue, qui, sans le savoir, souriait; un nez droit, des joues pleines et d'un sang si délicat qu'un baiser y devait longtemps laisser son empreinte.

Sébastien, si brave d'habitude, hésitait, devant cette inconnue dont la mise indiquait une ouvrière. Elle allait partir, lorsque, sur un ton d'amitié, il l'interpella:

Je parie que vous seriez embarrassée de choisir?

— C'est vrai, monsieur, répondit-elle, point du tout offensée. Mais tout cela n'est pas pour moi.

Elle partait, son parapluie à la main. Avide, il la suivit.

— Où allez-vous? lui demanda-t-elle, tandis qu'ils tournaient dans la rue Laffitte.

— Ma foi, je n'en sais rien. Et vous?

— Je vais à Montmartre, très haut, rue Lepic.

— Suis-je indiscret de vous accompagner, ne serait-ce qu'un quart d'heure?

Sur le trottoir, il s'insinuait dans elle, tant qu'il pouvait. A chaque minute, des passants, brutaux et indolents, les séparaient. Quelques-uns s'arrêtaient avec une curiosité sensuelle, pour guetter cette femme, qu'ils devinaient libre, en compagnie d'un courtisan de la rue. Sébastien, déjà, craignait de la perdre. Il la saisit, d'un élan.

— Vous vivez donc seule? lui demanda-t-il.

— Oui.

— Si vous voulez!... Je ne suis pas très, très riche. Mais j'ai de quoi vous rendre heureuse.

— Quelles garanties me donnez-vous?...

— Je possède quelques rentes. J'occupe dans un ministère un emploi assez bien rétribué. En province, très loin, j'ai ma mère, qui me laisse vivre ici, à mon gré.

— Quelle chance!

— Et vous?... Vous n'avez point de parents?

— Si, dans le Nord. Ils sont des mineurs condamnés à la misère. A cause de ça, je les ai quittés. J'ai trouvé, rue Saint-Honoré, chez une modiste, du travail, assez de ressources pour ne pas rouler au ruisseau.

— C'est bien, très bien.

Il la pressa contre lui avec une ferveur généreuse. Elle, émue de sa propre confession, frissonna d'espérance une seconde fois.

— Je ne connais pas encore votre nom? demanda-t-il.

— Mathilde Baudry.

— Et vos parents ne vous ont jamais recherchée?

— Mes parents?... Je vous raconterai mon histoire plus tard.

— Alors, nous nous reverrons?

— Oui, si vous ne vous moquez pas de moi...

Ils avaient gravi sans hâte, du même pas allongé, la rue des Martyrs. Sur le boulevard de Clichy, dans le gai bruissement de Montmartre, ils connurent, plus familiers au milieu du peuple, une volupté plus profonde de savourer, lui, son rêve d'amour, elle, son rêve de fortune. De loin en loin, les lumières des cafés, trop vives, les troublaient dans leur pensée. Sur la côte âpre de la butte, Sébastien ralentit le pas de nouveau, en serrant plus fort le bras de sa compagne qui, habile à le conquérir, obéissait sans résistance.

Au delà de la rue des Abbesses, devant la première maison de la rue Lepic, laquelle alors tourne lestement vers le sommet de la colline, Mathilde s'arrêta.

— Séparons-nous, dit-elle. C'est ici que j'habite.

— Bien! je connais au moins votre adresse. Voici la mienne.

D'un élégant carnet à plaques d'ivoire, il retira sa carte, et timidement la lui remit.

— Au revoir, Mathilde. Permettez que je vous embrasse?

— Non!...

Soudain, elle le salua d'un mot, puis s'élança vers sa maison, mal éclairée.

Dans cette maison d'ouvriers, le silence y régnait, favorable à l'esprit de province, à ses douceurs de voisinage. Mathilde, avant de monter chez elle, fit la causette avec sa concierge, une veuve acariâtre, chargée de graisse, qui prétendait mener à la férule tout son monde. Elle lui raconta, selon l'habitude, les cancans de la journée à son atelier, les péripéties de son aller et retour, à travers Paris. La concierge, assez incrédule sur les vertus de l'enfant, lui prédit une fois de plus que ses appas, un de ces soirs, lui vaudraient quelque miracle.

Mathilde monta dans sa chambre, si propre, dont la fenêtre, drapée de rideaux rougeâtres, donnait sur le large espace des deux rues. Un lit de cuivre occupait, presque à lui seul, l'alcôve; une table reposait sur une carpette, au milieu du carreau rouge et bien ciré; une tenture, fixée à la cloison de l'alcôve et au mur, près de la glace, cachait la porte, là-bas, dans un fond de garde-robe, et protégeait des bruits de l'escalier le cœur de la chambre.

Mathilde éclaira tout de suite sa lampe dorée, si discrète sous l'abat-jour, qui avait la transparence des ailes d'un papillon de pourpre. Ensuite, après s'être dévêtue, elle procéda à son ménage, aux apprêts de son repas, un reste de fricandeau, un œuf, du fromage; elle se divertit du murmure de ses souvenirs et de ses songes, qui depuis huit mois voletaient entre les murs plus agréables de son logis. Le monsieur qu'elle avait rencontré ce soir, et dont elle inscrivit le nom, Sébastien Lampéric, sur son carnet de dépenses, pour ne pas l'oublier, lui paraissait honnête, vraiment touché par l'amour. Seulement, n'exagérait-il pas, même de bonne foi, la valeur de sa fortune? En outre, pouvait-il, autrement que par le mariage, lui assurer sa libération définitive de la misère? Et du mariage, du moins à cette heure, Mathilde ne voulait pas. Pourquoi s'enchaînerait-elle au sort d'un homme avant d'avoir apprécié la docilité de son caractère? Pourquoi s'interdirait-elle, en pleine saison d'espérances, la possibilité d'améliorer encore, par un second miracle, son ascension vers le bonheur des bourgeois?

Mathilde Baudry était la cadette d'une famille de onze enfants, tous résidant à Anzin, pays sinistre de mines et de forges. Sous le toit bas d'une maison poisseuse, où sa famille grouillait ensemble, mangeant sur des tables mal nettoyées, couchant sur des grabats rarement purifiés, Mathilde, qui avait le goût de la beauté, de la fraîcheur, sur son corps et ses habits, s'effraya, un jour, des laideurs et des privations qui entravaient ses convoitises croissantes de la vie.

Durant ses heures de travail monotone, à la mine, dans le hangar de triage, où les blocs de charbon roulent aussi tumultueux que les rocailles d'un torrent, elle comprit l'impuissance où elle serait bientôt de préserver son corps des atteintes du péché qui, en la déshonorant, eût épuisé vite ses charmes. Et, un jour, elle partit de sa maison, non pour une grande cité, dont la misère vorace hante les faubourgs, mais pour la ville du paradis terrestre, Paris. Elle allégeait ainsi les charges de son père, lequel espéra que Mathilde, au milieu de son bonheur, ne l'oublierait pas.

Ensuite, elle échappait aux obsessions d'un camarade d'enfance, Pierre Virazel, trop pauvre, trop attentif à ses éveils de femme en liberté. Elle avait vu en lui de la grâce parce que maçon de son état, portant sur sa blouse, sur son chapeau de feutre, du plâtre et de la chaux, il semblait, Pierrot robuste, émancipé lui-même de la malpropreté de leurs semblables, parmi les nuages de fumée dont la suie recouvre tous les sentiers d'Anzin, les maisons, le dos ensoleillé des collines.

C'est lui qu'elle écoutait le plus volontiers, pour jacasser et rire, sur le pas de sa porte, dans la boue du coron; c'est à lui qu'elle cédait le plus souvent, pour aller boire au cabaret du genièvre ou de la bière.

Lorsqu'elle se fut envolée de leur coin de Flandre, Pierre se montra seul à la regretter. Il lui écrivit, à plusieurs reprises, avec colère, avec supplication. Il la menaça de venir à Paris, au risque d'y crever la faim, l'arracher aux démons de la luxure, qui dévoreraient sitôt la beauté de son être.

Mathilde finit par redouter les menaces de Pierre. Afin de dépister ses recherches, elle changea d'adresse, quittant le centre de Paris pour aller sur la butte, à Montmartre.

Là, désormais, elle ferma sa pensée du côté des siens et de sa patrie. Puisque, pour conquérir l'indépendance et la fortune, elle n'avait à compter que sur sa divination et sa sagesse, elle résolut de ne jamais céder aux caprices de son cœur et de n'accorder la cueillette de son corps qu'à un amoureux pourvu d'argent.

La frêle lueur de la lampe réveillait gaiement autour d'elle tout son bien, des fleurs en papier, des images de journaux, les ustensiles du ménage, dans un coin de l'évier: un bien dont elle n'eût tiré aucun bénéfice, si elle avait essayé de le vendre. Son corps vierge, au contraire, était hors de prix.

Pendant une semaine, elle s'ingénia, le soir, dès qu'ils se rencontraient près de la Madeleine, à tourmenter Sébastien de railleries ou de rebuffades. Un soir, elle lui signifia sèchement qu'il l'agaçait avec ses vantardises de Méridional. Celui-ci protesta qu'une fortune ne se démontrait pas au milieu de la rue, et qu'elle devrait croire à sa loyauté, de même qu'il croyait à son honnêteté de jolie femme isolée dans Paris.

Le lendemain, il pleuvait. Dans le crépuscule, tandis qu'ils marchaient ensemble, sous le parapluie de Sébastien, elle le gourmanda :

— Et ce mariage?... Tu ne sauras donc pas l'imposer à ta mère?

— Comment t'arrangerais-tu, toi, pour lui arracher la libre disposition de nos biens?

— Enfin!... Dépêche-toi. Sinon!... Il n'en manque pas qui me courtisent.

— Ceux-là font des promesses en l'air. Moi, je dis la vérité.

— Oui, il me semble. C'est pourquoi je patiente. Et puis, tu me plais!

Elle le serrait en marchant, contre sa poitrine tiède. Et lui, avec reconnaissance, les larmes aux yeux, souriait. Au moment de leur séparation, elle s'inclina vers son geste suppliant de chaque soir, et, sous le parapluie, se laissa embrasser les joues: premier baiser, presque chaste, dont il frissonna par tous ses membres; elle aussi, peut-être, en le voyant si heureux.

Si Mathilde avait eu l'élan de se dévouer, c'était surtout parce qu'une peine d'argent la torturait. Elle avait failli solliciter de Sébastien un emprunt. Mais, pour ne rien engager de sa volonté, elle s'était contenue. Dans sa chambre, elle pleura : pourtant, elle avait connu d'autres misères, lorsque, avec trois sous de pain par jour, elle cherchait un emploi dans Paris.

Devant son tiroir vide, elle demeura longuement accoudée, sur les bords de la table. Quelle humiliation, une fois de plus, d'aller, chez la concierge, révéler son dénuement!

Mathilde devait quatre mois de loyer. On savait, dans le quartier, que si la maison de M. Jaume était bien tenue, celui-ci, en revanche, ne transigeait pas sur les négligences de ses locataires.

De très bonne heure, le lendemain, Mathilde descendit dans la loge. Elle s'était peignée, ornée d'une candeur de demoiselle souffrante, pour mieux inspirer la sympathie. Mme Gaubert, comme tous les gens du peuple investis de quelque autorité, malmenait sans façon ses semblables dans la gêne; quoique ce fût le 8, jour des quittances, elle dormassait encore dans son lit, ventrue, tassée sous un édredon, derrière des rideaux blancs.

— Qui est là? gronda-t-elle.

— C'est moi, Mathilde Baudry... Je voudrais...

— Me payer?... Quatre mois, vous savez. C'est beaucoup.

— C'est trop. Je n'ai pu ramasser toute la somme.

— Vous en avez au moins une partie?

Mme Gaubert, de ses bras nus, aussi puissants que des jambes, écartait les rideaux. Elle souleva son buste mou, dont une camisole enfermait le fardeau, et fixant de ses yeux verts, fripés par l'abus de l'alcool et du sommeil, la jeune fille qui, son cabas à la main, n'osait s'asseoir, elle reprit :

— Que pouvez-vous me remettre?

— Rien, hélas!

— Rien!... Alors, vous croyez qu'on garde des locataires comme ça?

— M. Jaume est riche.

— Ceux qui vous accompagnent ici, le soir...

— C'est toujours le même.

— Il n'a donc pas le sou, lui aussi!... Moi, je ne puis rien dans votre embarras. Il faut que, ce soir, vous me remettiez quelque chose.

— Si j'allais voir M. Jaume?

— A votre aise. Il demeure à Saint-Mandé. D'ailleurs vous savez son adresse. Si vous n'êtes pas sotte, vous réussirez peut-être.

Mathilde feignit de ne pas comprendre quelles conditions d'infamie M. Jaume exigerait en paiement de ses quittances. Tandis que Mme Gaubert se recouchait derrière ses rideaux, elle sortit discrètement, sur la pointe des pieds.

Elle prit le métro, puis, à la barrière de Vincennes, le tram électrique, qu'elle abandonna au coin de la Tourelle, pour se rendre dans le bois, où, non loin de la gare, derrière la mairie de Saint-Mandé, M. Jaume occupait un pavillon entre cour et jardin. Elle marchait vite, avec l'impatience d'aborder le bourgeois de qui dépendait la sécurité de son logis. Des brumes épaisses imprégnaient son corps éperdu, frémissant d'une fièvre.

Sur l'avenue circulaire qui borde le bois, personne ne passait. Les pavillons s'éveillaient à peine, presque tous ayant leurs volets clos. Au numéro 10, après une hésitation, elle sonna. C'était une courette sablée, dont les buis, jusqu'à mi-hauteur, tapissaient la grille; une maison menue, à un seul étage, timide entre deux villas d'importance. Mathilde sonna de nouveau, juste au moment où, au-dessus du perron, la porte s'ouvrait sans bruit. Elle avait levé les yeux, son visage rougi par la fraîcheur des brumes; elle épiait humblement le bourgeois pataud, qui, descendant lui ouvrir la grille, l'observait, tous les deux pas, avec une complaisance narquoise.

— Sapristi!... s'écria-t-il de sa voix grasseyante de faubourien. Qu'est-ce qu'il y a, de si bonne heure?

— Je suis une de vos locataires de la rue Lepic. Je viens vous parler de mon loyer.

— Ah! ah!... C'est aujourd'hui le 8.

M. Jaume se gratta la tête, si massive, mal ordonnée, grisonnante, et, après une minute de réflexion, il ajouta :

— Suivez-moi.

Célibataire, d'une cinquantaine d'années, M. Jaume avait, dans son métier d'entrepreneur, gagné une fortune de 300.000 francs. Il vivotait chichement, seul, aidé d'une vieille servante qui deux heures par jour nettoyait le gros de la maison. Retiré du monde, il n'y rentrait que pour assouvir, de temps à autre, l'appétit de ses sens. Ayant les ruses et la patience de l'animal en chasse, il méprisait les rêves, la poésie de l'amour. Gras et musclé, les oreilles en éventail, il surmontait quelquefois le dégoût de certaines épouses, des jeunes filles, qui, par nécessité, avaient à implorer ses grâces de rentier.

Dans la salle à manger, modeste et propre, Mathilde, assise en face de lui, tressaillait d'angoisse. L'odeur des habits vieux, imprégnés de sueur et de poussière, qu'il portait chaque jour, lui répugnait. M. Jaume cessa de l'examiner : il trempa dans son bol de café au lait des tranches de pain, et, tandis qu'il ruminait longuement de ses mâchoires inondées, il demanda :

— Qu'est-ce qu'il y a pour votre service?

— Je m'appelle Mathilde Baudry. Je dois quatre mois...

— Quatre!...

M. Jaume, pour vider son bol, l'avait pris en ses deux mains, qui étaient terreuses, velues, des mains de manœuvre.

Soudain, avec un fracas de sa chaise heurtée sur le parquet, il se rapprocha de Mathilde, et, riant gras, lui dit :

— Que gagnez-vous, à votre atelier?

— Cinq francs par jour.

— Avec ça, vous êtes condamnée au trimard à perpétuité. Je peux, moi, vous protéger...

Il s'insinuait, plus hardi, vers le visage de Mathilde, qui exhalait le feu de tout son corps, et, de nouveau, il supplia, non sans tendresse :

— Si vous vouliez, votre compte serait vite réglé.

— Laissez-moi. Parce que je suis venue seule ici, sans défense, parler honnêtement à un honnête homme, vous abusez?...

— Non, bredouilla-t-il, déconcerté par tant de dignité chez une demoiselle. Je n'aurais pas cru vous offenser. Quel lâche ne serais-je pas, si je vous forçais à... à... vous comprenez!... Autrement, si vous vouliez, ce serait vite bâclé.

Mathilde, le voyant défaillir, souriait en dessous de l'ingéniosité vulgaire qu'il apportait en ses convoitises. Il s'humilia un peu. Puis, une générosité de bourgeois, riche et considéré, lui vint au sang. Il dandina son buste large, effleura d'une caresse le menton de Mathilde.

— Joli brin de fille, qui flatte ma maison!... s'écria-t-il. Je vous garde. Vous aurez, par conséquent, réussi dans votre démarche; moi, pas. Seulement, on se connaît mieux.

— Je vous remercie, dit-elle. Alors, vous m'accordez le délai d'un mois?

— Ce que vous voudrez!...

D'un sursaut, elle se leva devant lui, illuminant la maison morne de la lumière de sa beauté. Il se frottait les mains chaleureusement, avec la satisfaction d'avoir consenti un important sacrifice, et avec l'espérance d'en être, plus tard, récompensé. Il la suivit, en ami paternel, sans oser la toucher. Dès que la porte de la grille fut ouverte, elle s'envola, gamine, par l'allée solitaire.

A la route qui, sortant du bois, se dirige vers la place de la gare, elle se détourna une seconde, pour saluer M. Jaume; puis, riant de tout son corps, elle disparut.

II

Sébastien s'exaspérait des scrupules de Mathilde, quand il lui offrait de l'argent, ou un logis commun, au centre de Paris. Mathilde, vraiment, avec une prudence ombrageuse, dérobait trop sa vie. Alors, pour surprendre ses secrets, il décida de s'installer, à son insu, dans sa maison de la rue Lepic.

Un matin, vers dix heures, il rendit visite à Mme Gaubert, dans la loge. Celle-ci, par malice d'abord, le rabroua :

— Je vous reconnais, monsieur. C'est vous qui accompagnez Mathilde Baudry, certains soirs. Je n'ai rien pour vous, rien. Vous tracasseriez la maison...

— Moi!... Renseignez-vous sur mon compte.

— Vous débaucheriez Mathilde.

— Au contraire. Je n'aurais jamais songé à habiter dans votre maison, si je ne voulais pas veiller sur le sort de votre locataire.

A ses instances, il ajouta une pièce d'or, que, doucement, avec une sorte d'embarras, il sortit de son porte-monnaie D'un geste machinal, Mme Gaubert avait tendu la main. Enfouissant la pièce dans sa poche, elle prononça un merci rapide, puis, avec un accent de gravité maternelle, répartit :

— Les jeunes gens d'aujourd'hui ne sont pas toujours convenables. Mais je vois avec qui j'ai affaire. Venez!... un de mes logements vous conviendra.

Ils gravirent l'escalier, sombre et dur. Au deuxième, sous la chambre de Mathilde, une chambre était vacante, pareillement disposée. Sébastien, avec enthousiasme, l'accepta :

— Je l'entendrai marcher là-haut?

— Parbleu!

— Ne lui dites pas un mot.

— Bigre, non! Elle serait capable de filer, et je vous perdrais tous les deux.

Mme Gaubert se délectait déjà du poème d'amour qui allait fleurir dans sa maison. Sébastien exigea quelques réparations, Mme Gaubert, qui se promettait bien de n'en décider qu'à sa guise, assura à Sébastien qu'il pourrait emménager dans la huitaine.

Emus d'une complicité, ils descendirent, Sébastien si heureux qu'il marquait de la déférence à Mme Gaubert. Au seuil de la loge, il lui serra la main.

Pendant ces huit jours, Sébastien ne montra plus de chagrin à Mathilde, plus d'impatience. Elle, loin de soupçonner sa supercherie, s'alarma de le perdre. Elle cherchait quelle jalousie allumer dans son cœur, en racontant, par exemple, sa visite chez M. Jaume, qu'elle lui avait cachée, lorsque, le samedi soir, elle ne le trouva point au lieu ordinaire de leurs rendez-vous, à la Madeleine. Rouge d'effroi, elle partit dare dare pour Montmartre, repoussant avec brutalité sur son passage, dans la nuit, les hommes qu'attirait sa chair fraîche. Là-haut, sans doute, un message de Sébastien l'attendait. Mme Gaubert semblait guetter, du seuil de sa loge, un de ses locataires.

— Bonsoir, madame!... salua Mathilde. Vous n'avez rien pour moi?

— Non, ma fille.

— Ah! tant pis!...

Elle monta tristement.

Tout à coup, au deuxième, une porte s'ouvrit; un homme, tel un bouc, se rua sur elle. Déjà elle criait, se débattait en furie, lorsqu'elle reconnut la voix glorieuse de Sébastien, qui l'embrassait.

— Je vous ai fait peur, Mathilde?

— Ma foi, oui.

— J'ai loué cette chambre!...

— Ici, sous la mienne?

— Oui.

Elle tremblait encore, son cabas à ses pieds. Elle laissa échapper un aveu :

— Je craignais de vous avoir perdu.

— Pas si vite!... Entrez.

— Non.

— Alors, je monte chez vous.

— Non plus.

— Baste! Un jour ou l'autre, ne tromperai-je pas votre vigilance?

— Soit!... Montez!... Vous verrez que chez moi il n'y a rien que de pur.

Elle le précéda dans l'escalier, avec un frémissement de pudeur qui excitait Sébastien davantage. Dans la chambre, tandis qu'elle refermait la porte à clef, il alluma gentiment la lampe. Puis, les bras ballants, en extase, il regarda sa bien-aimée. L'émotion d'être seul chez elle, à l'écart du monde, tous deux aussi libres que deux oiseaux sur une branche, l'empêchait de parler. De l'autre côté de la table, avec un peu d'appréhension, elle ôtait son chapeau en souriant aussi.

— Nous allons, dit-il, fêter notre rencontre.

— Où donc?

— Dans un restaurant, voulez-vous?... A la Fourmi?

— Soit! Je viendrai. Laissez-moi donc me changer un peu. Mais ne me surveillez pas trop.

Il détourna les yeux. Cependant elle ne se gênait guère. Ayant ôté sa robe, son cache-corset, et, les bras nus, ainsi que sa gorge, qui avait un éclat de marbre rose, elle se savonna le cou, la nuque, les seins dorés.

Elle se recoiffa vivement, avec adresse, ainsi qu'elle faisait toutes choses. Sébastien admira l'opulence de cette chevelure blonde, qu'elle tordait sans ménagement entre ses doigts agiles.

— Belle!... Belle étoile!... murmura-t-il. Que ne puis-je vous toucher maintenant!...

— Pas même vous avancer!...

Devant la glace, elle rajusta son corsage, avec le même soin toujours, Parisienne à qui la beauté donne le génie des parures. Elle épingla son chapeau, disposa sous les ailes, alentour, une mousse de ses cheveux. Puis, espiègle, elle s'inclina vers Sébastien.

— Me voilà!... Je suis à vous!...

Il se leva, si ébloui de félicité qu'il n'osa mettre sa bouche sur la sienne, qu'elle offrait, humide et rouge comme un fruit. Elle prit ses gants, son parapluie, et, souveraine, désigna la porte à Sébastien, qui obéissait avec empressement.

Tels que de bons époux, ils partirent paisiblement vers les bruits de Paris. Les boulevards extérieurs s'animaient déjà de leur carnaval nocturne. Des femmes au visage peinturluré comme leurs robes, des rôdeurs faméliques, des peintres aux amples pantalons de charpentiers se coudoyaient confusément, sur les trottoirs étroits, sur les chaussées glaciales, dans une odeur de fard, d'alcool et de fumier.

Mathilde et Sébastien s'installèrent à la Fourmi, dans la salle du rez-de-chaussée, aux décorations prétentieuses. Çà et là, des femmes, chipotant leur dîner au bout des dents, observaient avec envie la nouvelle venue, qui resplendissait comme une étoile. Mathilde, avec sa franchise de paysanne bien portante, mangea d'un fort bon appétit, but de fréquentes rasades. Elle parla de l'avenir, sagement, avec Sébastien, de leurs projets de communion.

Sébastien, enivré par son bonheur, s'aventura si loin dans ses exigences qu'elle dut le rappeler à la raison :

— Vous ne me posséderez, mon ami, que lorsque nous serons mariés. Sans le mariage, bernique!...

— Vous changez vite d'humeur.

— Non. Je suis très contente. Mais votre mère tarde beaucoup à se décider.

— Eh bien, si elle ne se décide pas, je me marierai sans son consentement...

Sur cette promesse, ils achevèrent leur bouteille de bourgogne. Brûlante de joie, elle accepta toutes les largesses de Sébastien. Au Moulin-Rouge, elle s'amusa des jeux sensuels de la scène, de la brutalité des chansons provocantes, qu'elle avait envie d'accompagner au refrain. Puis, dans le troupeau des femmes que le vice ou la pauvreté rejette, comme une écume, de la vie paisible du monde, elle eut pitié des plus jeunes, des enfants de son âge, épuisées par le travail de l'amour, pâles d'ennui et de contrainte. Et, serrant Sébastien à son bras, elle voulut fuir ce lieu d'horreur et de mensonge.

Sur le boulevard, les rôdeurs aux voix rauques chantaient par groupes, frôlant les passants avec rudesse. Mathilde frémissait de dégoût, de crainte. La pensée de Pierre surgit soudain, comme une ombre sur ses pas.

— Vous tremblez? lui dit Sébastien.

— Peut-être... On s'est tant amusé!

Chez eux, dans l'escalier, elle reprit son assurance. Au deuxième, elle s'arrêta, fière, contre Sébastien, qui la serrait sur sa poitrine.

— Vous oubliez encore nos conditions, dit-elle.

— Allons, se résigna-t-il, c'est vrai. Adieu. Dors bien.

— Toi aussi!...

Elle rit de ce tutoiement, qu'elle lui permettait de bon cœur, afin de le récompenser de sa docilité. Un quart d'heure après, elle s'endormait dans son lit, sans la moindre inquiétude. Le matin, un feu lourd rongeait son front. Elle s'habilla sans bruit, avec la précaution de ne pas réveiller son camarade, au-dessous. Un peu en retard, elle acheva sa toilette dans la rue. Une bise noire chassait des tourbillons de poussière autour des ménagères courant aux boutiques, des ouvriers descendant au travail. Mathilde fermait presque les yeux, au froid. Le cabas sous son mantelet, elle hâtait le pas, courageuse, frappait de la semelle, pour se réchauffer.

Tout à coup, au milieu du boulevard, elle aperçut, sur un refuge, contre la colonne du bec de gaz, un ouvrier

*

jeune, roussâtre, dont le vent battait comme un drapeau la blouse blanche. Elle frissonna d'épouvante, ralentit son pas. En cet homme immobile, blêmi par le froid, peut-être par la faim, elle avait reconnu Pierre Virazel, le compagnon de ses rêves d'autrefois. Il était donc venu à Paris l'interrompre en sa fortune? Par quel pressentiment avait-il deviné le quartier où elle se cachait de lui? Craintive, son mantelet sur la tête, elle continua son chemin.

Pierre observait les passants à droite, à gauche, avec une telle anxiété que sa vision en était troublée. Ses yeux s'attachèrent à la femme éperdue, qui dissimulait sa figure, au loin, toujours plus loin, et, la reconnaissant aussi, à la vivacité de son allure, à l'élégance de ses formes, il bondit, d'un contentement sauvage, pour la joindre. Elle, dans son désarroi, chercha un secours, un abri. Un tram passait, pour l'Etoile. A tout hasard, elle y grimpa, voulut sur la plateforme se cacher, avec un si profond émoi qu'un monsieur, par compassion, lui céda sa place à l'intérieur. Pierre, qu'une charrette avait heureusement interrompu dans sa chasse, poursuivait le tram.

— Complet!... cria le conducteur, qui dut lui arracher les mains de la rampe.

Pierre s'obstina, farouche, pouvant à peine proférer des mots de prière et de désespoir. Il courut ainsi, tel qu'un chien fidèle, jusqu'à l'Etoile. Dans le froid du matin, il suait. Les voyageurs, en quittant le tram, se moquèrent de lui, sans qu'il y prît garde. Mathilde descendit enfin, la dernière, son cabas à la main, exagérant son malaise de froid, pour inspirer de la bonté. Pierre la saisit par un bras dans sa poigne de fer, la regarda au fond des yeux, avec un sentiment de bravoure et de tristesse. Il l'entraîna, sans savoir où, vers les Champs-Elysées, dans le grand espace des chemins et du ciel.

— C'est moi, oui! gronda-t-il.

— Je le vois bien. Pourquoi es-tu venu?

— Pour te reprendre.

— A cause du monde, lâche-moi. On nous regarde.

— Pourquoi m'as-tu abandonné?

— J'en avais assez de grouiller dans le désordre et la malpropreté de la famille. Tu n'aurais pas voulu me laisser partir, si je t'avais dit mon dégoût.

— Pourquoi as-tu cessé de m'écrire?

— Parce que tu me menaçais. Et moi je veux rester ici!

— Possible; mais il faut que tu sois à moi... Tu t'es perdue dans ce Paris?

— Crois-tu donc que je me livrerai au premier venu?

— Pensais-tu à moi?

— Oui. Je te plaignais, je te regrettais.

Ils s'étaient arrêtés contre un gros arbre, avec une appréhension étrange de rentrer dans Paris. Le réseau noir des branches les cachait un peu du ciel, d'où tombaient des rayons de soleil. Mathilde, prise de pitié pour les supplices que par sa faute Pierre avait endurés, remarqua son dénuement, ses souliers poudreux, sa blouse fripée, surtout son visage, si plein de santé autrefois, ravagé maintenant par la faim et l'indigence.

— Tu as souffert, Pierre?

— Beaucoup.

— Tu n'as pas d'argent?

— Non, ni de travail.

— Tu as l'intention de rester ici?

— Tant que tu resteras ici toi-même!

— Oh! je ne te crains pas... Tiens, je n'ai pas beaucoup d'argent sur moi. Mais il faut que tu manges.

Elle avait prestement soulevé sa robe et retiré d'une vaste poche, qu'une épingle accrochait à la ceinture de la jupe, son porte-monnaie, où il vit luire deux pièces de cinq francs.

— Je t'offre un écu, en regrettant de ne pouvoir mieux...

— Merci... J'accepte... Depuis deux jours, je n'ai pas mangé. Tu comprends que mon premier souci sera de te rembourser.

— Songe à t'embaucher quelque part, c'est l'essentiel.

— Quel malheur d'être pauvre!... M'aimes-tu toujours? Tu ne m'as pas embrassé comme autrefois.

D'une main, il essuya une larme dans ses yeux; de l'autre, il toucha Mathilde sur l'épaule. Elle, honteuse d'être surprise par du monde entre les bras d'un ouvrier si malpropre, épia furtivement entre les arbres, autour des vertes pelouses; puis, pour se débarrasser de sa présence, elle s'abandonna d'un coup à sa prière. Il l'étreignit de toutes ses forces, et, de nouveau, se plaignit :

— Pourquoi, là-haut, sur cette place où je te guettais depuis une heure, t'es-tu échappée dans le tram?

— J'avais peur que tu me battes.

Il sentait l'aigre, le rance, sous la blouse. Avec une perversité d'enfant, elle se moqua de lui, par un mensonge :

— J'habite rue Germain-Pilon, numéro 4, lui dit-elle. C'est à Montmartre, d'où nous venons. Tu m'y aurais bien trouvée, d'ailleurs, avec ton flair de chien jaloux.

Il inscrivit l'adresse sur son carnet poisseux, avec son énorme crayon de maçon. Elle profita de sa bonne humeur pour déguerpir d'un brusque essor, en le saluant de la main. Lui, déconcerté, la suivit tristement des yeux, avec un émoi d'inquiétude.

III

Ce soir même, Sébastien attendit vainement Mathilde à leur rendez-vous, près de la Madeleine. Il s'effraya. Serait-elle malade? Quelque habile manœuvrier de débauches la lui aurait-il volée? Il partit en fureur pour Montmartre, bousculant sur les trottoirs les passants, qui le croyaient fou, ce petit bonhomme à longue canne, à grand gibus planté sur la nuque. Il arriva rue Lepic en nage. Il interrogea Mme Gaubert qui, sur le pas de sa porte, se grattait les dents, au moyen d'une paille de balai.

— Mlle Mathilde est-elle rentrée?...

— Il y a longtemps... Mais, qu'avez-vous?

— Rien.

Il avait empoigné déjà la rampe de l'escalier. Au troisième, il frappa, discrètement d'abord, à la porte de Mathilde, et, bientôt, parce qu'il ne recevait aucune réponse, à coups de poings redoublés. Mathilde comprit que Sébastien s'obstinerait, au risque d'ameuter la maison. Alors, s'efforçant au calme, elle s'empressa d'ouvrir. Il entra, aussi prompt, terrible qu'un boulet, et, jetant sur le lit son gibus, son pardessus, il accabla Mathilde de questions :

— Que se passe-t-il? Je te supplie de m'expliquer... En as-tu contre moi?

— Contre toi?... certes non. Tu es si gentil!...

— Toi qui plaisantes toujours, tu as un air de mélancolie qui m'inquiète.

— Mon Dieu! laisse-moi...

Sébastien traîna une chaise auprès d'elle. Dans le rond de la lumière, elle cousait une jaquette chaude. Irrité de la voir en proie à des chagrins trop réels, puisqu'elle les cachait, il ne savait comment, sans la blesser, lui offrir son assistance.

— Manques-tu d'argent? murmura-t-il. Ta patronne t'a-t-elle congédiée?

Elle se taisait, en se mordant les lèvres. Il insista :

— C'est bien grave, ton souci, que tu ne puisses me le confier?

Elle cessa de coudre et, souriant avec langueur, elle dit:

— Ce n'est pas toi que j'ai connu le premier, tu penses bien.

— Un autre t'a possédée!...

— Non. Personne ne m'a possédée, jamais!... Ecoute-moi, sans m'interrompre. Donc, là-bas, à Anzin, dans les promiscuités de notre vie d'enfer, j'avais un compagnon de jeux et de promenades. Nous tâchions d'oublier ensemble, le soir, après le travail, nos privations de toute sorte, nos dégoûts d'être nés si pauvres. Mais, tandis que lui, Pierre, un maçon, fidèle à ses origines, s'accommodait pour lui et pour moi des conditions d'un servage éternel, je comprenais, moi, qu'on ne peut pas créer du bonheur avec de la misère et de l'ignorance. Un jour, tu le sais, je résolus de rompre avec ma maison. Ici, dans Paris, je croyais que Pierre se consolerait de moi là-bas, avec une de nos camarades qui accepterait de vivre auprès de lui, selon son amitié de notre terre... Je pensais à lui comme à un mort, de loin en loin, pour le plaindre... Et...

— Achève!... Il est venu à Paris! Il t'a retrouvée!...

— Oui.

— Tu l'aimes?

— Nous étions enfants, tout petits, que nous allions bras à bras par les rues et les chemins... Je ne peux pas le détester.

— Je ne veux plus que tu le voies!

— Je ne le souhaite pas non plus.

— Changeons de quartier!...

— Non. Si je me cache, il s'exaspérera davantage. Je courrai mille dangers, toi aussi.

— Moi, qu'importe!... Il faut te soustraire à ses recherches. Ou bien, je croirai que tu me mens, et que c'est avec lui que tu veux vivre.

Sébastien s'était levé d'un bond, brandissant ses bras trop courts, ses épaules trapues. Elle frappa doucement le dossier de sa chaise, pour l'inviter, d'ailleurs en vain, à s'asseoir, et, sans se départir de son calme, elle ajouta :

— Tu es fou! Si je voulais te quitter, t'aurais-je révélé l'existence de Pierre? Je serais partie, et voilà tout. C'est lui qui repartira bientôt pour Anzin; car, avec ses molles habitudes de la province, il ne trouvera point d'ouvrage à Paris.

— Malgré toi, tu tiens à lui. Sans t'en rendre compte, il te plaît d'habiter un quartier où tu sens sa présence, son ombre qui va rôder, de rue en rue, à ta recherche, comme un loup.

— Eh bien, tant pis! Je suis fâchée de te contrarier. Mais, si tu n'es pas content, va où tu voudras.

— Tu m'abandonnerais!

— C'est toi!...

Il la saisit au bras, pour la contraindre à l'obéissance. Aussitôt elle se rebiffa :

— Je ne t'appartiens pas encore, sais-tu!

— Tu ne m'aimes pas!...

— Alors, pourquoi insistes-tu? De quel droit veux-tu me commander?

— Ah! mon Dieu, que de raisons! Il faut que tu sois à moi seul, parce que je veux t'épouser.

— Ta mère ne se presse pas d'y consentir.

— Elle résiste à cause des préjugés de province.

— Toi aussi, tu as des préjugés. Parce que j'ai connu, aimé peut-être, autrefois, dans une existence qui me semble morte, un homme de mon âge et de mon pays, tu as peur!... Mais je veux rester ici, moi, à Montmartre, pour prouver à cet homme que je ne crains rien, ni personne!...

— Ah! Seigneur! Je vais t'aimer davantage!

— Quel mal y aura-t-il là?...

— Aucun, si je t'épouse... Oui, vois-tu, il faudra que j'aille moi-même trouver ma mère. Loin de moi, elle tergiverse à son aise. Allons, laisse tes inquiétudes... Viens à la Fourmi!

Il s'efforçait de la mettre debout, de lui donner un élan de gaieté. Elle résista :

— Merci, pas ce soir.

— Alors, dînons ici, veux-tu? J'irai chez le charcutier...

— Non, pas ce soir.

Il n'osa, par une sorte de respect, la tourmenter dans son refus. Elle se renversait, les yeux mouillés de reconnaissance, pour lui offrir son front, sa bouche, où câlinement il dévora son baiser, qu'elle croyait chaste.

— A bientôt!...

Il disparut. L'écho de son pas indécis sur les marches de l'escalier la frappait d'une douleur.

Sébastien descendait lentement, à regret. Au troisième, il heurta un gros homme, qui lui barrait le passage.

— Pardon, monsieur.

— Où allez-vous ? maugréa le gros homme.

— Est-ce que ça vous regarde ?

— Je suis M. Jaume. Etes-vous un de mes locataires ?

— Oui, monsieur... Du second.

— Vous n'avez rien à réparer ?

— Non, monsieur.

M. Jaume le dévisageait avec une anxiété étrange. Sébastien, sans soupçonner la malice du propriétaire, continua de descendre. M. Jaume avait, en ancien maçon, la manie de la truelle. Ainsi, certains soirs, il venait faire l'architecte dans sa maison, lorsque les locataires étaient rentrés. Mais, à présent, dans son mépris des pauvres, il devinait que cet employé de ministère, si cossu en ses habits, n'avait loué une chambre chez lui, au milieu des ouvriers, que pour mieux courtiser la modiste sans le sou.

Au troisième, il frappa sans hésitation à la porte de Mathilde. Celle-ci, croyant que Sébastien avait oublié quelque chose, ouvrit aussitôt. Quelle stupeur la cloua sur le carreau, de voir contre elle s'avancer l'homme poisseux du bois de Saint-Mandé, qui s'épongeait le front! Il entra délibérément, en tapant de la canne, et fit le tour de la chambre, bien à l'aise. Mathilde, d'un long moment, n'eut la force de proférer aucune protestation.

— Ce n'est pas mal ici!... gouaillait-il.

— Que voulez-vous, monsieur ?

— Ah! ah!... Ce que je veux!...

Mathilde ayant, après le départ de Sébastien, ôté sa robe, montrait le relief exubérant de ses hanches, la clarté de sa gorge et de ses bras. Il la détaillait avec patience, en sa jeunesse intacte qui donnait soif à ses lèvres lippues, à ses joues rasées de l'avant-veille.

— Hé! Hé!... Je visite ma maison. Vous n'avez rien à réparer ?

— Non, monsieur.

— Tant mieux!...

D'un large rire muet, il exprimait son admiration, ses convoitises. Mathilde, par prudence, s'insinuait de l'autre côté de la table. Offusqué d'une répulsion pareille, M. Jaume brusqua son défi :

— Notre délai expire dans quelques jours, souvenez-vous-en!

— On paiera.

— Vous avez rencontré une âme charitable?... Ah! si vous vouliez!... Après tout, on n'est pas vieux, à cinquante ans, ni mal bâti!

Ouvrant ses mains aussi dures que du bois, il s'élançait. Elle tourna, leste, autour de la table, non sans frémir de crainte.

— Ne criez pas, mademoiselle!... Voyons, vous ne me ferez pas croire que vous êtes un ange descendu sur la terre, et que d'autres ne tirent pas parti de votre étoffe!... Avec moi, vous n'y perdrez pas. Les vieux sont les plus raisonnables...

— Lâche! allez-vous-en! Je suis chez moi!

— Chez moi aussi, puisque vous n'avez pas payé... Enfant que vous êtes!...

S'effrayant pour elle, pour la lampe, elle fit une fois mine de s'évader. Mais, dans l'escalier, que penserait-on de la voir à demi-vêtue, hagarde, la jupe aux mollets ? On s'amuserait de la paillardise du vieux, et elle ne voulait même pas être soupçonnée. Il la poursuivait toujours, en lui offrant son loyer, une robe, une soirée au théâtre.

— Je ne vous aime pas! répliquait-elle. Personne ne peut m'obliger...

— Si! si!... Il n'y a que le premier pas qui coûte. Sapristi de sapristi!

Dans son mouvement d'impatience, il perdit l'équilibre, fit d'un tour de bras mal appliqué chavirer la lampe, et, entraînant la table, il roula d'une masse sur le carreau. Mathilde, dans l'obscurité subite qui assurait son salut, éclata de rire, pendant que M. Jaume, pataud, se relevait en soufflant de lassitude.

— Je me suis fait mal, mademoiselle.

— Vous l'avez voulu.

— Eclaire-moi, sorcière !

— Allez-vous-en !

— Nous verrons bien. On te repincera.

Bien qu'il geignît de ses blessures, Mathilde s'abritait obstinément de la table, qu'elle avait redressée, sur la moquette. Avant de partir, il lui jeta une menace :

— Vous paierez au jour convenu, mademoiselle; sinon, gare!...

— Et vous, ma lampe, mon tapis...

— Oh! moi, j'ai de l'argent!...

M. Jaume, faisant sonner son gousset, gagna l'escalier à tâtons. Elle l'entendit geindre encore, sans aucune conscience du scandale qu'il avait pu commettre. Après avoir refermé à clef, rallumé sa lampe, elle mit de l'ordre dans sa chambre. Elle affecta de rire, très haut. Pourtant, au milieu de son hilarité, une appréhension la surprit, de cet homme têtu, trop riche, qui répugnait à l'orgueil de son corps.

IV

Pierre, l'autre matin, dès qu'il eut quitté Mathilde aux Champs-Elysées, était revenu à Montmartre s'enquérir des habitudes de sa camarade. Celle-ci, naturellement, était inconnue rue Germain-Pilon. Pierre, à une tromperie pareille, sentit son sang se glacer d'effroi; il imagina des malheurs plus noirs que la réalité. Il se mit à la recherche du logement véritable de Mathilde, dans le faubourg, mais en s'éloignant à mesure de la rue Lepic. Le soir, il se coucha fourbu. Plus calme, le lendemain, il comprit qu'il devait d'abord assurer, par son travail, son séjour à Paris. Au delà de la butte, rue Vauvenargues, vers la porte Saint-Ouen, il s'embaucha dans un chantier de maisons ouvrières.

Chaque soir, il mangeait un morceau sur le pouce, à la fin de son ouvrage, et s'en allait, maison par maison, avec une persévérance de paysan, fouiller l'immense faubourg. Sa jalousie l'inspira: car, le huitième soir, il découvrit, rue Lepic, le logement de Mathilde.

Mme Gaubert, en voyant sa joie, regretta de l'avoir renseigné.

— Que voulez-vous de ma locataire ? lui dit-elle.

— Je ne lui veux que du bien, madame, puisque je lui apporte des nouvelles de son pays. Est-elle rentrée

— Je crois que oui.

— Alors, je monte.

Il se précipita dans l'escalier. Mais, sur le palier du troisième, devant la porte close, il s'intimida. Mathilde, vraiment, se gardait avec honnêteté des passants et des voisins. Il frappa, doucereux.

Mathilde, à demi-vêtue, comme tous les soirs, nettoyait la cage de ses oiseaux. Au toc-toc discret du visiteur, elle ne douta point que ce fût Sébastien. Sans bruit, elle courut ouvrir. Mais, sous une poussée brutale, la porte la refoula contre le mur. Avant qu'elle eût proféré un mot, elle se sentit agrippée par des doigts de fer, baisée sur les joues avec une gourmandise avide. Tandis qu'elle se débattait dans l'ombre de l'entrée, elle reconnut Pierre aux émanations de sa peau, chaude et souillée de plâtre. Vite, ayant refermé à double tour la porte, elle l'amena au cœur de la chambre, vers la clarté de la lampe, et lui dit :

— Que viens-tu faire ?

— Hé! coquine! Pourquoi m'as-tu trompé?

— Pour échapper à ta frénésie. Tu vois que tu n'es pas convenable.

— Tant pis!... Maintenant, je reste. Je coucherai où tu voudras... sur le parquet, ça m'est égal. Je ne suis pas fier, tu le sais.

— Va-t'en!...

— On dirait que tu as peur de quelque chose. Est-ce que je te dérange ?

— Me déranger!... Je suis seule. En attendant, tu m'as décoiffée, dans tes ruades. Comme tu y vas!...

— Je ne t'avais pas embrassée depuis si longtemps!...

Elle replaçait dans sa chevelure les épingles ébranlées, reboutonnait son corsage sur la gorge luisante. Plus effrayée de voir Sébastien apparaître brusquement que de posséder chez elle son Pierrot, elle murmura :

— Tu ferais bien de t'en aller. Tu sais où je demeure, donne-moi ton adresse. Je te jure que demain j'irai te voir.

— Non, non, et non!... J'ai peur qu'un autre individu t'enlève.

— Es-tu bête!...

Pour l'amadouer, elle le regarda tout proche, avec une câlinerie fraternelle. En réalité, elle écoutait si personne ne s'arrêtait sur le palier, devant sa porte.

— Ah! Pierre!... lui dit-elle avec gravité. Il faut que je te fasse une confidence, et que j'éclaire ton esprit de provincial maladroit.

— Pardon!... Je ne suis pas si bête!

— Tous ceux qui réussissent leur bonheur à Paris sont des riches, ou des rusés qui se frottent à des riches. On lie vite connaissance avec les gens, tu verras, dans les rues, dans les omnibus, au restaurant, partout. Je me suis liée, sais-tu, avec des gens riches.

— Oh!

— Tu n'as pas encore compris. Je t'ordonne, une fois pour toutes, de ne plus t'alarmer de notre amour, puisque je jure de te rester vierge. Je t'instruis sur les mœurs de ce Paris si embrouillé.

— Trop embrouillé pour moi.

— Tu rencontreras peut-être ici des hommes considérables. Je les grise de mes promesses, pour qu'ils me paient quelques dîners, de la toilette.

— Oh!... ce n'est pas de la vertu, ça.

— Tout est permis à une belle femme. Ils sont si flattés de me servir!... Tu comprends?

— Ça ne me plaît guère.

— Si tu me voyais en coquetterie auprès d'eux, tu me féliciterais d'être si habile.

— J'aime mieux ne pas voir. Je casserais la gueule à celui qui...

— Allons donc! Tu es encore de ta province!

— Parbleu!... Et toi aussi!... Allons-nous-en.

Il se courba, farouche, fondit sur elle d'un bond. Elle, avec rage, le mordit à la nuque, en grinçant. Il dut lâcher prise, honteux presque d'avoir maltraité le corps de son amie.

— Tu es fou! lui dit-elle. Tu dois, autant que les autres, me respecter. Sinon...

— Que ferais-tu?

— Si tu me tracassais encore, j'irais me noyer dans la Seine. Tu sais que j'ai du courage.

— Oh! non! non!... Je subirai tout plutôt que de causer ta mort!

Il lui pressait les mains, lui jetait au visage son souffle de passion. Elle l'apaisa.

— Ecoute-moi toujours, Pierre, et nous serons heureux... Va-t'en...

Il gémissait de se savoir trop humble, sans charme, sans ressources.

Le désir, malgré lui, le retenait dans cette chambre souriante d'amour. Ils entendirent soudain frapper à la porte.

— Quelqu'un! dit Pierre.

— Cache-toi!...

— Ah! mais non!...

— Veux-tu me faire mourir! Cache-toi. Tiens, là, derrière le lit.

— C'est stupide.

— Ne crois pas, au moins, à la sincérité des sottises que tu entendras. Tu vas voir comme je sais les duper, ces Parisiens imbéciles et fats.

Pierre obéissait naïvement, dans le désarroi de sa chair mal nourrie, de son esprit simple que déconcertait l'apparition imprévue d'un bourgeois. Il s'accroupit au fond de l'alcôve, dans la ruelle, et, habitué aux vertiges des échafaudages, il ne bougea plus. Mathilde avait sauté vers la porte, que Sébastien cognait avec impatience.

— Mathilde! Mathilde!... Tu n'es donc plus là?...

— Si, mon chou!... Je ne t'avais pas entendu! Je nettoyais la cage de ces oiseaux, qui me font un ramage!...

Sébastien entrait d'un bloc, roulé dans un pardessus si long qu'il semblait être devenu plus petit lui-même.

— Quel hiver de Sibérie!... dit-il. Si tu me réchauffais?

Il frottait ses mains aux hanches dures de Mathilde, sans qu'elle opposât une résistance. Elle lui souriait d'un air si nigaud qu'il s'inquiéta :

— As-tu un souci?

— Pas du tout.

Au lieu de s'asseoir auprès de lui, elle commença, sur le fourneau à gaz, les apprêts de son repas.

— Tu te caches la figure!... Tu as un souci.

— Pas du tout.

— Viens.

— Que faire

— Que je te touche un peu. D'ailleurs, as-tu oublié que nous dînons à la Fourmi?

— Tu dépenses trop pour moi.

Ayant cassé deux œufs dans un plat, elle dépliait d'un lambeau de journal une côtelette de mouton, lorsque Sébastien, aussi vif que l'éclair, arriva pour lui fermer le gaz. Il prit Mathilde à la taille, et, sans qu'elle eût la force de se défendre, il l'amena sur la chaise de chaque soir, auprès de lui.

— Tu m'effraies, Mathilde, avec ta mélancolie.

— Eh bien, voilà; je me demande si je suis en sécurité dans cette maison.

— Est-ce qu'un ouvrier ose te courtiser?

— Pas un ouvrier, mais le propriétaire lui-même, qui, l'autre soir, sans crier gare, est venu me proposer une infamie que tu devines. Si je n'avais pas eu de l'énergie, il m'aurait contrainte à devenir, au moins une fois, sa femme.

— Oh!

— Je lui dois cinq mois de loyer.

— Cinq mois!... Tu aurais dû me le dire!... Il sera payé demain. Et nous quitterons sa maison.

— De nouveaux frais, mon ami, des frais inutiles. Car ici, comme partout, tant que je vivrai seule, je serai en butte aux entreprises des hommes.

— Eh bien, tu viendras avec moi à Nézignan-l'Evêque, démontrer à ma mère la nécessité pressante de notre mariage. Nous partirons quand tu voudras.

— Chut!... Ne crie pas si fort...

— Pourquoi?...

Il épia la chambre, l'alcôve, avec méfiance. Elle, si espiègle d'ordinaire, lui caressait les doigts languissamment, dans une songerie.

— Enfin, qu'as-tu? reprit-il. Te moquerais-tu de moi comme du propriétaire?

— Ne me calomnie pas, mon Dieu!

Elle appuyait sa tête sur l'épaule de Sébastien, abandonnait peu à peu son corps adorable, que la peur, un désir d'amour peut-être, agitaient à la fois.

Pierre, contre le mur, s'était remué de fatigue. Il souffrait, en tout son sang, de comprendre par force les ruses diaboliques de Mathilde, et d'entendre les baisers d'un homme qu'il ne reconnaîtrait pas dans la rue.

Mathilde, au milieu des richesses de Paris, avait dû perdre la raison. Conscient de la vigueur de ses muscles, il n'osait pourtant révéler sa présence au bourgeois, ni désobéir à sa mie, qui lui était sacrée comme le pain. Dans son malaise, il se remuait de plus en plus. Sébastien, ayant prêté l'oreille, murmura :

— Ah! çà, mais!... Il y a quelqu'un, ici!...

— Quelqu'un!... Tu as des cauchemars tout éveillé!...

Mathilde riait à grands éclats, rendue à son courage par l'émotion du danger plus profonde. Et avec de la grâce, les bras levés sur sa tête radieuse, elle se dandinait, autour de la table, en un pas de danse. Elle songeait, au milieu de son badinage, que Pierre ne tiendrait plus beaucoup dans sa cachette. Comprenant, en outre, que Sébastien pouvait, s'il était éclairé brusquement sur sa duplicité d'amoureuse, l'abandonner à la misère, elle résolut de sortir.

— Tu t'imaginerais des choses bêtes, s'écria-t-elle. Allons dîner, je suis à toi dans une minute.

— Ah merci! merci!...

Elle fit sa toilette à la hâte. Il l'effleurait de ses doigts délicats sur la croupe ou sur le sein, chaque fois que, pour le distraire, elle passait trop près de lui.

— Me voilà, mon chou!...

Ils sortirent, Sébastien le premier.

Pierre, contre le mur de la ruelle, se tâta un moment les jambes, la tête, pour constater si véritablement il vivait dans la réalité. Il frissonna de satisfaction lorsqu'il entendit la clef, comme un rat, grincer dans la serrure de la porte. Si Mathilde le laissait libre dans sa chambre, c'est qu'elle avait confiance. Parmi l'obscurité, il se retrouva de l'esprit: très doux, craignant de casser quelque chose, il se traîna le long du mur, autour du lit, s'orienta vers la cheminée, où il avait vu Mathilde cueillir des allumettes. Il alluma la lampe avec soin, sur la table, et, dans le renouveau joli de la clarté, il examina le décor pimpant d'images et de rideaux que Mathilde avait su donner à sa jeunesse. Seulement, il était trop seul; le froid le saisit. Alors, dans la garde-robe, il avisa un peignoir de pilou bleu; après l'avoir enfilé sur sa blouse, il se mira dans la glace, pour rire de sa personne qu'embellissait le vêtement de Mathilde, avec ses fortes moustaches rousses, et sur chaque joue les rides que la faim avait creusées depuis un mois. Il chercha dans le placard les ustensiles du souper, des vivres, s'installa commodément à table, une serviette au cou. Pendant que sur le fourneau à gaz la côtelette de mouton mijotait, il mangea les œufs cuits par les soins de sa petite femme. A Paris, tout de même, il ne devait s'étonner d'aucun miracle. Si Mathilde était restée auprès de lui, ils auraient vu le ciel ensemble. Il s'aperçut, après avoir achevé le pain et la bouteille de vin, qu'il avait oublié le tabac. Comment descendre en acheter? Mathilde l'avait enfermé à clef, comme un trésor. En songeant trop à elle, il s'ennuya. Il s'assit dans le fauteuil, et, à force de guetter les rumeurs de la maison, d'épier la tenture immobile sur l'ombre de la porte, il s'endormit.

Lorsqu'il se réveilla, la mèche de la lampe se consumait dans la fin du pétrole. Ce fut par une clarté douteuse qu'il aperçut Mathilde, qui se penchait gentiment vers lui et disait :

— Il me semble que ton appétit a bien marché?

— Je te languissais fameusement. Pourquoi rentres-tu si tard?

— Allons, allons!... Tu ne crois pas rester ici?... Il faut que je me couche.

— Moi aussi.

— Débrouille-toi de ce fauteuil!... ou j'appelle au secours. Je vais chercher la police!...
— Est-ce que tu as honte de moi ?
— Ne crie pas. Il y a du monde au-dessus.
— Je m'en fiche.
— Pas moi. Il faut qu'on me respecte... File!
Pierre passa ses mains plâtreuses sur ses paupières, sur son visage chaud de sommeil, et, avec désolation, il soupira :
— Impossible de te désobéir. Adieu, mon astre! Ah! t'aurai-je jamais!... Tu es trop fine pour moi.
— Raisonne, Pierre. Tu ne m'aurais pas demandé chez nous de coucher avec moi !
— C'est vrai. Chez nous, on ne sait rien. Adieu...
Sur la porte, il se détourna soudain avec une fièvre.
— Embrasse-moi !
— Voilà!... Mais chut!...
Elle avait poussé son corps contre celui de Pierre. Il s'empara d'elle avec rapacité, la garda sur son cœur un moment de bonheur. Puis, désireux de prouver sa politesse, il descendit sans bruit.

V

Sébastien, afin de conclure son mariage, avait décidé de partir pour Nézignan-l'Evêque. Le malheur, c'est que Mme veuve Lampéric le privait d'argent, dans l'espoir qu'il délaisserait à ses pauvres ressources la jeune fille dont il célébrait follement la beauté dans ses lettres. Pour couvrir les frais de son voyage, il vendit quelques objets de son mobilier, et même des reliques de famille, dieux lares que Mme Lampéric avait remis à son fils en tremblant.

Ce soir de janvier, il sortait de chez une brocanteuse, au bras de Mathilde, lorsqu'en se rendant à la Fourmi ils heurtèrent sur le trottoir un couple timide qui hésitait à pousser la porte du restaurant.
— Ne bousculez pas! maugréa le monsieur.
Sébastien, intrigué par le timbre de cette voix, s'arrêta net. Les deux hommes se dévisagèrent, et tous les deux en même temps s'exclamèrent de surprise:
— Oh! *té!*... c'est toi!
— Oui, c'est moi!... Et, qu'est-ce que tu fais là?
— J'allais dîner avec ma dame...
— Nous aussi... Et entrez donc, que nous ferons mieux connaissance à table.
Quoique la dame de son ami eût manifesté une pudeur devant Mathilde, qui n'était pas une épouse légitime, Sébastien les introduisit dans le restaurant avec civilité. A gauche, au fond, il les fit asseoir à sa table d'habitude, les deux femmes sur la banquette.

Le couple que la Providence mettait sur les pas de Sébastien appartenait directement à sa patrie, Nézignan-l'Evêque, Léon et Berthe Baudois, venus à Paris aventurer leurs biens dans les affaires. Léon, beau, solidement musclé, de moyenne taille, la barbe déjà blanche, quoiqu'il n'eût pas atteint la cinquantaine, bavardait gaiement, avec sa pétulance d'ancien commis voyageur. Il chercha, vite familier, à séduire Mathilde, qui était assise en face de lui. Ses prévenances éveillèrent chez son épouse une jalousie, qui d'ailleurs ne s'endormait guère. Berthe, à mesure que l'âge l'enlaidissait, redoutait pour la sécurité de son ménage et pour la paix de son cœur. Sèche, maigre, elle savait, avec sa couleur de châtaigne et sa grande bouche de poisson, que ce n'était pas l'attrait de sa personne, mais l'appât de son argent, qui forçait son mari à la fidélité. La compagne de Sébastien resplendissait de fraîcheur et de franchise: elle n'avait qu'à parler et à rire, les dents aiguës, la gorge brillante, pour tourner la tête aux hommes.
— Alors, Sébastien, tu vas au pays? demanda Léon.
— Il le faut. Ma mère ne se déciderait jamais. Naturellement, j'amène Mathilde.
— Ah! bah!... Tu as du toupet!
— Ça se fait ainsi dans le Nord, en Flandre.
— Quel scandale ce sera en Languedoc!... Et pardon, madame, ajouta Léon en s'adressant à Mathilde, je ne veux pas vous offenser, mais je crois que la mère de Sébastien vous prendra pour une cocotte: alors, elle ne voudra rien entendre.
— C'est vrai! confirma Berthe.
Mathilde riait bruyamment, les poings aux hanches.
— Une cocotte, moi!... Moi qui suis encore demoiselle!
— Vous, demoiselle!... Pas possible!... s'extasia Léon.
— Ma foi, tant pis!... conclut Sébastien. Je n'aurais jamais entrepris seul le voyage.
Je suis, d'ailleurs, convaincu que ma mère, en voyant Mathilde, cédera sur tous les points. N'ai-je pas raison, ma chatte?
— Certes!... répondit Mathilde, qui baissait les yeux; je l'aime bien aussi.
— Bonne chance, alors!
Léon, pour renchérir sur la générosité de Sébastien, qui avait offert des raisins, si précieux en janvier, fit servir du bourgogne.
— Pendant que vous rigolerez là-bas, déclara-t-il, nous travaillerons ici, Berthe et moi.
— A quel travail?
— Je ne suis pas fixé, mon cher. Une boutique de marchand de comestibles et de vins du Languedoc, que j'installerai peut-être avec un luxe à épater Paris!... Ah! si tu voulais!... Une idée me vient!
— Laquelle?
— On s'associerait. Je te parie qu'avec l'aide de nos femmes nous conquerrions vite notre place au soleil.
— Je ne dis pas non, bourdonna Sébastien, une main sur son verre.
La cuisine épicée, les vins abondants, échauffaient leurs têtes. Une fois partis dans le rêve, ils entrevirent une fortune qui les attendait, aussi étincelante qu'à l'aurore un village de pêcheurs au bord de leur mer latine.
— Il me faudra démissionner au ministère, soupira Sébastien.
— Parbleu! Qu'est-ce que tu gagnes? Rien, pour un homme de ta condition... Et de quel capital pourrais-tu disposer ?
— De 200.000 francs à peu près, répondit Sébastien qui, souhaitant d'éblouir Mathilde, exagérait du double.
— Moi!... fit Léon avec une audace égale, je possède 100.000 francs. Mais, mon cher, en apportant 50.000 francs chacun, nous en avons de reste pour amorcer le commerce.
On trinqua au succès de l'entreprise, que tous les quatre considéraient comme résolue. Berthe elle-même, charmée par l'optimisme de son époux, caressa la main de Mathilde sur la table, en grande sœur qui la protégerait plus tard. Dans un brouhaha de félicitations, en sortant, les deux hommes se trompèrent de femme: Sébastien présentait à Berthe son mantelet de velours, Léon agrafait au cou de Mathilde son manteau de drap bleu.
Dehors, les femmes marchèrent seules, en chuchotant; puis, les deux hommes, bras à bras. Mais l'un et l'autre dirigeaient leur regards sur Mathilde, dont la chevelure blonde brillait aux lueurs intermittentes des cafés.
Le boulevard de Clichy éclatait de joie, avec des rires et des chansons, dont la nuit froide répandait au loin le bruit. Sur le trottoir plus large de la rue Lepic, tous les quatre se confondirent en un seul groupe, par une émotion croissante d'amitié. Ce fut avec des embrassades que les Baudois, devant la maison de M. Jaume, quittèrent Mathilde et Sébastien.
Ceux-ci, le lendemain, consacrèrent toute la journée aux préparatifs de leur départ. Le soir, ils s'embarquèrent à la gare de Lyon, par le rapide, comme des riches. Sébastien paya un oreiller à sa petite femme, lui mit une couverture sur les genoux, avec tant de zèle que les autres voyageurs les prirent aussitôt pour des jeunes mariés. Mathilde, habituée à coucher naguère sur un grabat, dans la promiscuité de sa famille, dormit à merveille, la gorge découverte, la taille libre des cordons de sa jupe.
A Tarascon, les cahots de son wagon qu'on attelait au train de Nîmes la réveillèrent. Quel ravissement pour ses yeux, lorsqu'elle vit le Rhône torrentueux et glauque accourant des campagnes rieuses du Comtat vers les plaines d'Arles, hérissées de joncs et de roseaux, dans le soleil blanc de l'aube qui, sur les oliviers, sur les pierres blanches du terroir de Beaucaire, épanchait sa poussière d'or ! Elle se planta debout contre la glace, ainsi qu'une enfant, pour admirer les vignes, toujours les vignes, déjà prêtes à la fécondation, et les mas, les baraquettes, les grangeots rutilants de blancheur, sans arbres, sur les premiers contreforts des Cévennes noires. Dans les gares, ce peuple du Languedoc, au patois musical, l'amusait par son flegme à errer sur les quais, à chercher ses places dans le train, surtout dans les compartiments les plus encombrés. Il lui semblait traverser un pays bizarre, loin de la France, un pays de fête, où elle-même, par son opulence et sa carnation de blonde, provoquait la curiosité des passants et des employés.
A Montpellier, il leur fallut descendre pour aller, au delà d'un faubourg, prendre un train d'intérêt local. Peu de monde circulait dans les rues; pourtant, beaucoup de tapage s'élevait vers le soleil. Mathilde, comme à Paris, dans la foule, devait parler haut à Sébastien pour se faire entendre. Ils déjeunèrent d'un chocolat au Café Riche, sur la place de la Comédie, où de jolies femmes, des officiers, mêlés aux étudiants et à des bourgeois, se promenaient, les mains derrière le dos, béatement.
— On ne travaille donc pas, à Montpellier? demanda Mathilde.
— De temps en temps, répondit Sébastien. Par équipes...
Pour se dégourdir les jambes, ils gagnèrent à pied la gare de l'intérêt local, une gare en planches, provisoire depuis quarante ans. Le petit train, aux voitures ouvertes d'un bout à l'autre par un vaste passage, à la façon des roulottes, gravissait les coteaux avec peine, les dégringolait en trombe. Le paysage variait plus fréquemment d'aspect et de couleur: tantôt, à Bouzigues, l'étang bleu que Mathilde en extase avait pris pour la mer; tantôt les

garrigues sanglantes, embaumées de thym et de farigoule. Dans chaque gare, le chef faisait la causette avec le mécanicien, avec les voyageurs. Et l'on repartait sans hâte, en échangeant des vœux de bonne santé.

A Montagnac, au pied d'une âpre colline dont le vignoble n'avait pu entamer le roc, les deux amoureux s'arrêtèrent. Sébastien, afin de ne pas scandaliser sa mère, avait résolu de résider dans cette grosse bourgade, à une heure de marche de Nézignan-l'Evêque. Leur malle sur un chariot, ils montèrent à l'extrémité d'une promenade, sur une placette, à l'auberge qui s'intitulait *Hôtel de la Paix*. Après qu'ils eurent retenu leur chambre, une seule à deux lits; après qu'ils eurent déjeuné d'un repas presque frugal, d'olives, de radis, d'oignons si doux de Lézignan-la-Cèbe, Sébastien voulut dare dare partir pour sa ville natale.

— Je suis fatigué, dit-il. N'importe, il ne faut pas lambiner.

— Au moins, reviens ce soir, le supplia Mathilde. Que deviendrai-je ici, sans toi ?

— Ne flâne pas trop dans les rues. Les gens très hardis du Languedoc te taquineraient vite.

Mathilde l'accompagna tendrement, nouée à son bras, jusqu'au delà du village. Ils s'embrassèrent une dernière fois, avec l'angoisse des résistances que Sébastien, dans l'intérêt de son amour, allait affronter. Il se détourna, un peu plus loin, sous les platanes noircis par l'hiver, pour lui envoyer un baiser. Elle répondit avec effusion, et si fière de son dévouement que, malgré sa taille d'enfant, il ne lui paraissait presque plus laid ni ridicule dans son pardessus de mylord, sous son gibus à reflets. Sébastien pressa le pas. A mesure qu'il avançait à travers cette campagne, dont il connaissait les moindres plis, une inquiétude augmentait en son âme. Il pénétra sur le viaduc qui, de ses arceaux trapus, franchit la plaine, avec ses tas de cailloux toujours disposés à distances égales, aux bords des fossés. De la crête du pont, qui enjambe l'Hérault paisible, il aperçut au loin, dans sa ceinture de vergers, le vieux Nézignan-l'Evêque, son clocher pointu au milieu des maisons noiraudes : un coup de tristesse le frappa au cœur. N'était-il pas un insensé d'aller chez lui apporter le sentiment de la révolte, pour la gloire d'une femme dont il n'avait encore apprécié que les apparences? N'eût-il pas vécu plus heureux sous son toit, auprès d'une épouse de son pays, respectée de ses voisins et de ses proches, et sur la conscience de laquelle il aurait pu toujours se reposer ? Mais il rayonnait de jeunesse et de vaillance ; il croyait, à son âge, que l'homme, par la simple vertu de sa bonté, crée sur la terre du bonheur.

Il avait pris un chemin bas, peu fréquenté, où le moindre bruit s'étouffe sous des roseaux. Pressant le pas davantage, avec une sorte de colère, il s'efforça de mépriser les femmes de sa race, si mal fagotées et si habiles au mensonge. Hors du chemin, il retrouva, dans un faubourg, la grand'route. Deux charretiers, s'amusant à claquer du fouet, divertirent un moment sa pensée, ainsi que les murs séculaires des jardins, les maisons aux trois quarts rapiécées, qui lui rendaient, à la lumière de son ciel, le cadre de ses premiers rêves. Ce qui l'étonna, dans la ville, c'est que personne ne le reconnut. Peut-être n'osait-on pas interpeller un Parisien richement habillé ?

Sa maison, au centre d'un quartier de travailleurs et de petits propriétaires, ennoblissait, par sa figure bourgeoise, le Plan-des-Sauvages, souillé d'ordures de ménage, de crottes et de purin. Il entra dans la cuisine à la porte vitrée. Personne. L'escalier, à droite, grimpait à la salle à manger-salon, au premier, puis aux chambres, au deuxième. En montant, pour ne pas chanceler, il s'appuyait au mur, levait le front de temps à autre, comme jadis, lorsqu'en revenant de l'école il entendait son père, indulgent et modeste, l'appeler à table.

Au premier, la porte rougeâtre était entr'ouverte. Il la poussa timidement: il vit sa mère assise près de la fenêtre, et qui tricotait un bas, toute de noir vêtue, son bonnet de Cévenole noué sur le crâne, des lunettes sur le nez, un gros nez rondelet, entre des joues pâles, sous la lueur ivoirine du front bombé. Elle soupirait beaucoup, pendant son ouvrage. C'est qu'elle songeait à Sébastien, perdu là-bas dans l'enfer de Paris. Tout son cœur était occupé par ce souci, de sorte qu'elle ne participait point au monde où elle vivait, à sa vieille maison qu'elle avait façonnée de ses doigts, selon ses principes d'ordre et d'économie. A cette heure, où les gens du voisinage travaillaient dans leurs vignes, le silence régnait partout.

Sébastien s'avança. Mme Lampéric, à cette ombre soudaine, tressaillit, et se renversant sur le haut dossier de la chaise, elle reconnut son fils. Eperdue de joie, elle poussa un cri. D'un élan, il se jeta entre ses bras. Tandis qu'elle pleurait, il s'efforça de rire:

— Tu ne m'attendais pas?

— Non! Pourquoi ne t'es-tu pas annoncé?... Mais il y a donc un train, le soir?

— Je ne sais.

— Ah! tu m'expliqueras... Veux-tu quelque chose ?... Une tisane!... Tu dois avoir faim!...

— Non, ma mère. Remets-toi sur ta chaise.

— Tu es couvert de poussière!... D'où viens-tu!... ô mon fils!...

Elle l'embrassa de nouveau. Il la serrait bien fort, en se défendant de pleurer lui-même.

— Attends!... Tu dois être fatigué!... Je vais te préparer de la tisane...

— Comme tu voudras.

Pendant qu'elle mettait du tilleul à bouillir, ensuite l'apportait à Sébastien, bien chaud, bien sucré, elle l'interrogeait sur les conditions de son voyage, de son séjour en Languedoc. Elle n'osait parler de cette étrangère, à laquelle tous deux ne cessaient de penser. Mais, rien qu'à observer son indifférence devant ce Plan-des-Sauvages, où il avait tant joué autrefois, lorsqu'il était petit, elle pressentit en lui des desseins redoutables. Alors, en son cœur de mère, elle puisa de la volonté. Elle s'assit devant lui, posa les mains sur ses genoux, et brutalement lui demanda:

— Pourquoi es-tu venu?

Sous le défi, Sébastien leva la tête, en Parisien présomptueux, et répondit:

— Je suis venu pour mon mariage.

— Avec cette femme de Paris?

— Oui...

— O Seigneur!... Tu ne nous l'as pas amenée, au moins?

— Si, presque... Elle s'est arrêtée à Montagnac.

— Oh! que de misères tu nous prépares!

— Tu ne comprends pas. Plus tard, tu désireras vivre auprès de nous.

— Moi, jamais!...

— C'est une fille du peuple, voilà tout. Nous aussi nous sortons du peuple.

— Mais tout le monde nous connaît!

— Va seulement à Montpellier, personne ne te connaîtra. Enfin, tant pis!... Je ne céderai pas. Tout de même, si tu veux...

Maladroit, son bol entre les mains, il effleurait sa mère d'une caresse. Elle le débarrassa du bol, qu'elle porta vivement sur la table, pour se rasseoir aussitôt. Elle dit, les dents serrées:

— Vous vivez ensemble?

— Non. J'ai une chambre voisine de la sienne, et je sais son innocence.

— C'est difficile à croire, dans Paris... Ah! ce Paris!

Elle se tut. Un pas indolent montait l'escalier.

— *Té!* s'écria-t-elle, voici ton oncle Alcide. Je parie que lui-même, qui n'a jamais brillé par la raison, tu le sais, ne t'approuvera pas...

— Mon oncle! mon oncle!

Sébastien s'élançait pour ouvrir: l'oncle Alcide, qui poussait la porte, fit un bond de frayeur en arrière. C'était un luron de soixante ans, haut sur jambes, noir, des pommettes rubicondes, ainsi que la truffe de son nez, dans un visage maigre que brûlaient des yeux de braise et qu'encadrait une barbe drue. Il professait un tel mépris des femmes que jamais il n'avait consenti à en épouser une. Chaque mois il versait à sa sœur Adèle, sur un capital d'une cinquantaine de mille francs, sa pension de loyer et de nourriture. Egoïste, sournois dans ses noces, il ne manifestait jamais sa joie avec bruit. Le rire lui restait en dedans, un rire malicieux dont l'écho ridait ses pommettes, vibrait en ses yeux creux. La vie l'amusait, la vie des autres, leurs comédies de famille et leurs drames, au milieu desquels, par dilettantisme de vieux célibataire, il apportait quelquefois de la pitié.

Là, ayant embrassé son neveu, qu'il affectionnait, ce soir, après leur très longue séparation, il l'interrogea:

— Que viens-tu faire ici, sans crier gare?

— Alcide, imagine-toi, s'écria mère Adèle, qu'il a conduit cette femme jusque chez nous!

— Oh!...

— Pas du tout, mon oncle. Elle est à Montagnac.

— Bon!... Tu as eu de la pudeur... Que diable t'es-tu flanqué dans la tête!

— Ça n'en sortira plus, mon oncle, si je te ressemble.

— Mon enfant est fou. Paris l'a perverti.

— Ma mère, tu juges des gens et les choses à travers l'esprit étroit de la province, avec les préjugés de ton âge. Permets que j'amène Mathilde auprès de toi.

— Jamais!... Je te l'ai dit.

— Que mon oncle vienne donc avec moi la prendre!

— Ton oncle?... Non!

— Pardon! se récria le vieux paillard. Je ne suis ni un sot ni un malhonnête. Les femmes, ça me connaît. Sébastien a raison. Pourquoi n'irai-je pas à Montagnac étudier un peu cette demoiselle?

L'oncle Alcide promenait sa langue avec gourmandise sur ses lèvres charnues, dans les poils revêches de sa barbe. L'idée de voir une femme de Paris lui rajeunissait le sang. Et, après Sébastien, il sermonna si obstinément sa sœur que mère Adèle, excédée, se résigna aux démarches d'Alcide, dont elle eût à l'avance annoncé le résultat. Elle gémit, marcha dans la salle avec colère, en appelant à l'aide son pauvre mari contre les extravagances de son fils et de son frère.

Néanmoins, il tardait à Sébastien d'aller rejoindre Mathilde. Sa mère voulut, sur le palier, l'embrasser une fois de plus; elle n'en eut pas la force. C'est lui qui l'attira sur son cœur, en proférant des mots de consolation:

— C'est dans ton intérêt, ma mère, que j'ai du courage contre toi.

— Que Dieu t'entende!...

Elle tendait encore ses mains ouvertes, que déjà Sébastien, après avoir salué son oncle, atteignait en bas la porte de la cuisine.

Avec quelle félicité il retrouva Mathilde au village, jouant aux cartes, sur la terrasse du café, en compagnie de l'aubergiste!... Mathilde n'avait jamais douté que Sébastien communiquerait chez lui son feu d'amour. A cause de leur fatigue, ils se couchèrent de bonne heure, chacun dans son lit, bien sages, en se tournant le dos.

Le lendemain, ils sortaient à peine de déjeuner, que l'oncle Alcide apparut devant eux, sur le pas de l'auberge. Il s'inclinait, cérémonieux, sa canne de rentier à la main: il observa gravement la femme blonde et souriante, autour de qui le luxe de la toilette formait une auréole. Il lui tendit sa main libre. Mathilde, avec allégresse, répondit à sa prévenance.

— Au café, proposa-t-il, on causerait mieux.

Sur la terrasse du café, que décoraient deux lauriers-roses en leurs baquets de bois, on s'installa, non sans provoquer la curiosité des paysans qui, sans boire, s'attablèrent çà et là. Alcide, le premier, rompit le silence:

— Alors, mademoiselle, vous n'avez pas craint de descendre dans notre Midi, qui diffère tant de votre Flandre?

— Non, monsieur. Sébastien désire que je l'accompagne partout.

— Il a bien fait. Ainsi, on appréciera votre personne, vos idées. Moi, je ne suis pas marié. Mais enfin, j'admets tous les principes d'existence. Ça vous plaît de vous marier, mes amis: tant mieux, agréez mes vœux les plus sincères.

— Merci, mon oncle. Alors, nous partons pour Nézignan-l'Evêque?...

— Parbleu!... s'écria Mathilde. Attendez-moi une minute, le temps de mettre mon chapeau.

— Apporte-moi ma canne!...

Mathilde courait vers l'auberge, tout proche. A la voir sautiller, si légère et dodue, l'oncle ressentit des frissons de désir. Dès qu'elle eut disparu, il tapa son neveu sur la cuisse, et dit:

— Je te félicite, neveu!... Si elle a autant de raison que de gentillesse, tu as découvert un trésor.

— Je savais bien...

— Oui, mais!... Il y a ta mère.

Tandis que Sébastien riait, tassé sur la banquette, Mathilde reparut, souveraine en son manteau bleu qui flottait, souriant de ses yeux bleus sous l'aile dorée d'un chapeau de feutre. On partit, tous bien d'accord, par la route blanche. Lorsque, du pont de l'Hérault, Mathilde aperçut au loin, dans sa ceinture de jardins, parmi les platanes noircis de l'hiver, la ville endormie autour du clocher pointu, elle se souvint à l'improviste de sa patrie, de sa maison, avec tristesse. Pour se distraire de la pensée de Mme Lampéric, dont l'honnêteté rigide lui inspirait de l'appréhension, elle interrogea les deux hommes sur la culture des vignes. Puis, elle osa se renseigner sur le caractère des habitants, et s'ils l'accueilleraient avec sympathie. L'oncle, plus empressé que Sébastien, la rassura. Les Lampéric jouissaient dans Nézignan-l'Evêque d'une considération hors ligne. On ne discuterait même pas Mathilde, puisqu'elle descendait chez eux; et par sa beauté, elle éblouirait le monde.

A cette heure d'après-midi, les tonneliers, les employés avaient réintégré leurs chais ou leurs magasins. Les boutiquiers, au fond de leurs boutiques, brossaient leurs marchandises. Çà et là, quelques chiens erraient, des vieillards allaient à l'église dire leurs prières. Dans la rue des Sauvages, Sébastien murmura:

— C'est ici!...

Mathilde se serra dans son manteau, et, non sans inquiétude, regarda ces maisons sournoises, qui de leurs fenêtres entre-bâillées, examinaient sans doute les passants.

— Nous voici rendus, mademoiselle!... Montez.

L'oncle ouvrait la porte de la cuisine, puis celle de l'escalier.

Là-haut, Mme Lampéric avait entendu la rumeur de leurs pas indécis. Elle s'avança vers la porte. Mais des coups violents battaient dans sa poitrine; elle ne put franchir le seuil. Déjà, Sébastien lui présentait Mathilde, qui, rouge de honte, s'inclinait humblement. Mme Lampéric demeura troublée par la grâce de la jeune fille, par la vigueur de son corps dégourdi. Cependant, elle saisit la main qui lui était tendue, offrit un fauteuil semblable à celui sur lequel, auprès de la fenêtre, elle s'asseyait de coutume.

— J'ai l'avantage, madame, de vous saluer, disait Mathilde à qui Sébastien avait appris la leçon. Je désire apporter le bonheur ici.

— Je sais...

— Sébastien a exigé que je l'accompagne.

— Il n'a pas eu raison.

— Pourquoi, ma mère?

— Parce que!...

— Avoue, ma sœur, répliqua l'oncle, que deux jeunes gens, épris l'un de l'autre, sont excusables de n'avoir pas attendu davantage...

— Tais-toi, paillasse!

L'oncle se tint coi, épiant, pour se consoler de son humiliation, la joue de Mathilde qui reluisait, aux reflets de la rue, comme une glace. Celle-ci affectait tant de modestie, que mère Adèle finit par s'attendrir.

— Le vin est tiré, il faut le boire, dit-elle. Maintenant que vous voilà dans ma maison, je dois me résoudre.

— Autrement, ma mère, ce serait un scandale.

— Alors, tu veux te marier?... Mon Dieu, je déclare que tu as eu du goût. Il n'y a pas dans le pays d'enfant si finement tournée que ta compagne. D'où sont au juste vos parents, mademoiselle?

— D'Anzin, où ils gagnent leur maigre vie dans la mine. Hélas! ce n'est pas mon argent qui aurait attiré Sébastien.

— Bon... Vous avez l'idée d'amour enfoncée dans la tête. Que faire?

— Marie-les! gronda l'oncle.

— Tais-toi!... Tu te moques de tout, toi, et de tout le monde!... Enfin, mademoiselle, je vous crois honnête, non seulement dans vos actes, mais encore dans vos intentions?

Mathilde, sans répondre, baissait les yeux.

— Soyez donc la fiancée de mon fils, ma seconde enfant.

Mathilde redressa son front, qu'une flamme embellit, et, pendant que Sébastien frémissait de gratitude envers sa mère, elle se mit pieusement à genoux et murmura:

— Je vous remercie, madame. Je voudrais vous rendre heureuse.

— On vous aimera aussi, ma fille. Allons, relevez-vous. Votre robe s'abîmerait. Débarrassez-vous de votre manteau.

L'oncle Alcide aida Mathilde à se mettre à l'aise. Sébastien, sur un signe de sa mère, préparait des verres de muscat. Bientôt, autour de la table, en dégustant le vin du terroir, on décida d'installer Mathilde dans un hôtel de Nézignan-l'Evêque, et de lui décerner devant le monde, afin d'empêcher les médisances, la noblesse d'une situation supérieure dans la société. Le soir même, avant que les boutiquiers n'eussent allumé leurs lampes, Sébastien promena sa fiancée à travers la ville, pour lui en montrer le pittoresque. Çà et là, en passant, il saluait à grands coups de gibus, sans s'arrêter, ses amis d'autrefois: Mathilde s'inclinait discrètement, avec une élégance de Parisienne.

L'apparition de cette créature du Nord, merveilleuse de fraîcheur et de lumière, provoqua, par les moindres ruelles, la jalousie des femmes, troubla les hommes dans leur concupiscence.

Après souper, lorsque Sébastien se rendit au café, pour jouir de l'envie sournoise de ses amis, ils savaient déjà, par les bavardages de l'oncle Alcide à l'apéritif, que sa fiancée était la fille unique d'un receveur des finances aujourd'hui décédé; qu'elle vivait, orpheline, chez des parents, à Paris, et qu'une tante l'avait récemment accompagnée jusqu'à Nîmes. Sébastien n'eut donc pas à entreprendre l'éloge de sa famille nouvelle. A une tablée de curieux, qui augmentait à mesure, il exposa ses projets:

— Ma femme ne restera pas inactive, comme tant de damottes de notre Languedoc. Nous organiserons sur le boulevard, avec un luxe qu'on n'a jamais vu, un commerce de vins. Vous participerez tous de notre prospérité, puisque nous vendrons vos récoltes.

— Diable!... applaudirent en chœur les rétrogrades de Nézignan-l'Evêque. Tu as une idée de génie, Sébastien.

Les uns lui proposèrent leurs vins qui risquaient, au fond des caves, de tourner au vinaigre; d'autres, dans le feu de l'enthousiasme, lui offrirent des capitaux.

— Nous verrons ça, répondit Sébastien. En attendant, j'obtiendrai de mes amis intimes, qui sont au pouvoir, dans le Conseil d'Etat ou dans le ministère, toutes les faveurs que nous voudrons.

— Evidemment!... Et puis, tu sais, ta fiancée a du chic!... Tu ne t'embêteras pas!...

Deux notables, très maussades d'habitude, le prièrent de conduire sa fiancée au café, le lendemain, pour la distraire. Il promit d'y réfléchir, et fier, serrant la main des camarades qui, de partout, s'avançaient, il sortit, la canne sous le bras.

Mathilde l'attendait, au Plan-des-Sauvages. Pour patienter, elle avait joué aux cartes d'abord, avec l'oncle Alcide, pendant que mère Adèle, au-dessus d'eux, se couchait. Mais l'oncle l'avait amusée de ses histoires et de ses fadaises. Soit inconsciente perversité, soit curiosité puérile des audaces du bon apôtre, elle avait cédé progressivement à la douceur suppliante de ses bras. Ils n'entendirent point, dans leur insouciance, la porte s'ouvrir. Sébastien, en fredonnant une chanson, se présenta. Stupeur!... Il ne put d'un moment proférer un mot ni faire un pas. L'oncle Alcide entourait d'un bras robuste la taille de Mathilde, qui, commodément assise sur ses genoux, caressait son menton barbu. Tous les deux, frappés d'une égale surprise, ne bougeaient plus. Pourtant, Alcide parla le premier, sur un ton d'innocence:

— Hé bé! Sébastien, resteras-tu planté là, comme une borne?

— Et toi, est-ce que tu te moques de ton neveu?

— Non!... répliqua Mathilde. On t'attendait.

— Dans une drôle de position!...

Sébastien avançait, la rage au cœur, brandissant sa canne au-dessus de l'oncle, qui d'instinct avait baissé la tête. Mais Mathilde empoigna d'un bond son promis sous les aisselles, et, le grisant du parfum de son haleine, le gourmanda:

— Tu es jaloux!... C'est de la stupidité!... Ton oncle m'amusait avec ses histoires d'amourettes auprès des demoiselles qui le voulaient pour son argent. Il me faisait sauter sur ses genoux...

— C'est ma nièce, pardi! On se familiarise...

— Tu te familiarises trop tôt, mon oncle. Que penserait de nous Mathilde, si elle constatait dans cette maison des mœurs trop libres?... Ma mère ne se doute pas de tes imprudences.

— De moi, rien ne l'étonne.

Mathilde, agacée par de telles querelles, si vaines, proposa de partir pour l'hôtel. Sébastien obéit.

A l'hôtel, le garçon se plaignit qu'on l'obligeât de se coucher si tard. Il était dix heures.

Le lendemain, Sébastien conduisit sa fiancée à travers la plaine, de l'autre côté de l'Hérault, à sa propriété. Les travailleurs, en train de tailler la vigne, plaisantèrent, avec leur verve de bons vivants, ce bout d'homme d'avoir choisi pour épouse une femme aussi grande et aussi belle. Sûrement, elle l'épuiserait dans son corps d'amoureux, ainsi que dans sa fortune trop mince. Mathilde ne comprenait rien à leur langage patois. Mais l'indiscrétion de leurs regards et de leurs gestes lui déplut. Elle s'éloigna vite, avec dégoût. Sébastien eut beau lui expliquer que, sous leur rudesse de primitifs, battait un cœur charitable, elle n'admit pas avec indulgence les rires sensuels des pauvres d'une race si contraire à la sienne. Sébastien, en lui montrant sa plaine au soleil, avait voulu l'imprégner des sentiments d'honneur et de travail que dégageait la vieille terre du Languedoc. Elle ne subit que par force, en geignant, ses discours prétentieux de fils de vigneron. Tandis qu'il évoquait ses morts si humbles, son père qui avait tant travaillé pour lui, une tendresse le pénétrait au fond de l'être. Et serrant contre son cœur la femme qu'il adorait, il pressentit une seconde que, plus tard, de même qu'elle lui échappait maintenant par l'esprit, elle lui échapperait peut-être tout entière, de corps et d'âme, après avoir détruit ses rêves, sa fortune, et même son honneur.

Mais à la ville, il aurait eu honte de ne point répandre de sa personne l'orgueil et la joie. S'excitant à paraître heureux, il crut encore, toujours, à travers les rues de Nézignan-l'Evêque, au miracle de son mariage.

Le soir, ils repartirent pour Paris. Quels embrassements à la maison du Plan-des-Sauvages!... Mère Adèle était conquise, à son tour, par les grâces de Mathilde.

— O mon fils! gémit-elle. C'est fini, pour moi, de te voir!

— Allons donc, tu viendras à Paris nous marier.

— Non!... Moi, quitter ma maison, ma rue, jamais!... Je prierai pour vous deux... Au revoir!

Se cachant les yeux entre les mains, elle étouffait ses sanglots, afin de ne pas décourager les enfants. L'oncle qui, par ambition de se montrer robuste et dégourdi, portait leurs valises, les accompagna jusqu'à la gare. Lui aussi, avec transport, les embrassa, surtout Mathilde, qui riait. Pour se consoler, il leur dit:

— Mes enfants, vous avez tiré un bon numéro. Vous êtes jeunes, et vous vous aimez. Moi, si votre mère ne consent pas à quitter Nézignan-l'Evêque, je viendrai vous rejoindre à Paris. Au revoir! Au revoir!...

Il s'en retourna, tout couvert de larmes, titubant sur la route noire, où la municipalité doit, depuis cinquante ans, planter des becs de gaz.

VI

Sébastien et Mathilde rentrèrent plus sages que jamais à leurs domiciles de la rue Lepic. Dès leur lever, ils se rendirent chez les Baudois se concerter sur leur commune entreprise.

Les Baudois s'étaient magnifiquement installés rue Saint-Augustin, à 200 mètres du boulevard, champ de bataille des hommes d'affaires intelligents et célèbres. C'était, au deuxième, un vestibule très ample, toutes les pièces donnant dessus, salle à manger, salon, chambres des maîtres, chambre d'amis, et des meubles neufs, des tapis partout, des tableaux, des tentures. Ils firent avec effusion les honneurs de leur logis.

— Voilà, dit Léon, le cadre mondain qu'il vous faudra également.

Dans le salon, il manœuvra pour s'asseoir auprès de Mathilde, sur le canapé. Berthe, plus habile, lui déroba cette place. Il se planta sur une chaise, sans mot dire, étira les longs poils odorants de sa barbe, caressa son crâne dénudé. Sa femme et Sébastien causaient. Celle-ci, brusquement, interpella son époux qui, dérangé dans ses pensées de luxure, se troubla:

— Demain soir?

— Quoi, ma mie!...

— Tu voyages dans la lune?

— Non. Explique-toi.

— Est-ce demain soir que nous pendons la crémaillère?

— Parfaitement!... Vous êtes libres, Sébastien et Mathilde? On peut compter sur vous?

— Certes, oui, acquiesça Mathilde.

Sébastien, pour l'unique satisfaction de prouver que beaucoup de soucis, en homme d'importance, le harcelaient, prétexta une course urgente. On se sépara en cérémonie, avec des caquetages, comme dans le grand monde.

Les deux fiancés ne manquèrent pas, à l'heure fixée, le dîner de la crémaillère, rue Saint-Augustin. On avait dressé la table somptueusement, rouge et blanche, embaumée de violettes. Une soubrette, en tablier à broderies, servait, ainsi qu'un valet en habit rouge. Berthe n'avait pas craint, en toilette de soirée, d'exhiber nues ses épaules sèches, sa gorge osseuse. Mathilde, au contraire, en sa pudeur de vierge, avait mis une robe boutonnée de partout, un col dont la blancheur seyait à la clarté rose de son teint. Léon ne tarda guère à lui chercher les mollets, sous la table. D'abord, elle se déroba. Puis, ma foi, pour s'éviter de l'inquiétude, elle ne se défendit plus. Comment Léon, dans le désarroi de ses sens, n'eût-il pas négligé la surveillance de Berthe, toujours soupçonneuse?

Celle-ci, tout à coup, cessa d'écouter les bavardages de Sébastien. Et fixe, les poings sur la table, elle saisit entre Léon et Mathilde un rire d'effronterie.

— Sabre de bois!... s'écria-t-elle.

Les convives, ensemble, sursautèrent de stupeur sur leurs sièges; les domestiques, épouvantés, ne bougèrent plus, aux deux bouts de la table.

— Qu'as-tu, Berthe? demanda Léon.

— Tu me comprends!... Sois convenable!...

— Nous causions avec Mathilde de notre commerce, naturellement.

— Ce n'est pas vrai!...

— Votre mari ne ment pas, Berthe. Pourquoi inventerait-il?

— Vous le savez mieux que moi, vous!... En tout cas, pour ce magasin, ne comptez plus sur mon argent.

— Ton argent, ma mie, où l'emporteras-tu?

— Je le garderai.

— Je suis le maître de tout, moi.

— Mais pourquoi te fâches-tu, Léon?

— Je suis ton mari, et je te forcerai à m'obéir.

Sébastien, à son tour, supplia Berthe de croire au succès de leur entreprise, à l'harmonie de leurs deux ménages. Elle ne se rendait pas, quoique, par compassion, elle subît patiemment les prières de ce Sébastien, si crédule, qui pâtirait plus tard des crimes conjugaux de Léon et de Mathilde. Devant l'hypocrisie de ces deux complices, l'indignation la secoua d'un flot, et, après quelques minutes de calme, elle éclata une seconde fois:

— Taisez-vous, Mathilde!...

— Moi! Je ne dis rien!...

— Ce n'est pas l'envie qui vous manque!... Vous comprenez mes appréhensions d'épouse légitime?

Léon, à ces mots, s'élança sur sa femme, et, la maîtrisant d'une main sur l'épaule, il lui ferma la bouche de l'autre. Sébastien implora grâce, ainsi que Mathilde qui, au milieu de la bataille, restait froide, un corps d'acier. Léon, desserrant un peu sa main lourde, gronda:

— Si elle continue, je penserai qu'elle est folle. Je la ferai interner dans un asile.

— Folle!... tressaillit Berthe, qu'il délivrait enfin. Non, je ne suis pas folle...

— Si!... Et je n'hésiterai pas à t'enfermer.

— Tu en serais bien capable. Il vaut mieux que je me taise...

Elle rangeait son couteau fébrilement, ses verres, ses fourchettes, sans lever les yeux. Les domestiques, dans l'émoi d'un tel orage, confondaient leur service. Mathilde, jouant la candeur à merveille, dégustait avec des soupirs de gourmandise la bombe à la vanille, souriait à Sébastien, frétillait de sa langue rouge, au contact de la glace.

On oublia vite l'orage. Berthe, par pusillanimité, ou pour préparer une vengeance, avait pris le parti de se résigner. Sous les flatteries de Mathilde, elle confessa spontanément avoir tout à l'heure commis une injure et une maladresse. On recommença de boire. Puis, au café, pour se payer du bon temps, on médit des bourgeois de Nézignan-l'Evêque, qui, dans l'oisiveté, au fond de leurs maisons anciennes, laissent leur intelligence se rouiller. La conversation se prolongea si abondante, qu'on fut surpris par l'heure, le tic tac précipité de minuit à la pendule du salon.

Vite, les deux invités enfilèrent leurs manteaux. Après des salutations chaleureuses, dans l'ombre du palier, ils descendirent. Dehors, le froid de la nuit les déconcerta. Un vent aigre piquait le visage de Mathilde, qui songea aux privations de naguère. Riant un peu, elle pressa le pas. Sur les boulevards, on sortait des théâtres. Au milieu des tourbillons de la foule, ils décidèrent péniblement un vieux cocher à grimper jusqu'à Montmartre. Serrés l'un contre l'autre, sur les coussins du fiacre, ils s'avisèrent pour la première fois de s'enlacer avec un désir d'amour permis.

Le lendemain, dans la matinée, Sébastien s'étonna des mélancolies de Mathilde, chez elle. C'est qu'ils devaient descendre au cœur de Paris, chercher un appartement. Elle regrettait sa chambre d'ouvrière, où il lui avait été si doux de rêver de bonheur. Ils partirent en silence. Rue Chauchat, ils arrêtèrent un appartement de riches, au premier, de quoi se loger, avec Mme Lampéric et l'oncle Alcide.

L'après-midi, pendant que Sébastien s'en allait chez un décorateur choisir quelques tapisseries, Mathilde voulut remonter chez elle se recueillir un peu. En haut de la rue des Martyrs, elle eut envie d'errer en promenade à travers le quartier. Une langueur l'envahissait, une aversion du monde des bourgeois, où les dissimulations et les vanités gêneraient sa franchise.

Le soleil, avec des étincellements d'épée, brillait dans le froid, sur la chaussée sonore. Des rôdeurs, narquois et faméliques, se traînaient de cabaret en cabaret. Des ouvriers sans travail, hâves, la poitrine creuse, se pressaient sur les bancs les uns contre les autres, afin de se réchauffer. Mathilde erra très loin, jusqu'à la Villette.

Le spectacle grouillant des faubourgs attirait sa chair brave de plébéienne, son cœur charitable d'enfant. Elle songeait davantage à Pierre, qui, pour ne pas l'entraver dans sa fortune, n'osait plus se révéler. Ou bien, peut-être, était-il retourné chez eux, dans leur noir pays des mines, raconter que Mathilde s'était perdue, avec tant d'autres, dans le ruisseau de Paris. Elle avait annoncé à ses parents son mariage. Mais Pierre, plus persuasif par la voix et par le geste, ne l'aurait-il pas démentie dans leurs familles, devant les camarades? Cette pensée de paraître avilie aux yeux de ses semblables la fit rougir de honte. Elle revint sur ses pas, tandis que le ciel se teignait des pâleurs livides du crépuscule.

Sur la butte, elle chercha Pierre, par les rues qui descendent ainsi que des torrents. Sachant qu'il s'était logé dans son voisinage, elle ne fut pas surprise, rue Germain-Pilon, tout en haut, de l'apercevoir à une fenêtre, sous le toit. Accoudé sur la barre d'appui, il observait avec tristesse le mouvement de la rue. Car lui aussi comptait sur le hasard, dieu des pauvres, pour rencontrer sur son chemin l'amie qu'il redoutait d'importuner chez elle.

Mathilde levait déjà son parapluie, d'un geste d'appel. Il la reconnut aussitôt, et lui tendit les bras. Sans hésiter, elle monta, glorieuse de son charme et de son dévouement.

Elle l'éblouit plus fort qu'elle n'avait espéré. Il la touchait à peine, tournait ingénument autour de son corps trop soigné, qui fleurait bon les fleurs d'un jardin défendu.

— Mon Dieu!... disait-il, qui t'a donné ce manteau de fourrure, cette broche d'or, ce chapeau à plumes ?

Mathilde, sans répondre, s'asseyait sur l'unique chaise de bois blanc. Elle regardait avec étonnement, avec tendresse, cette chambre froide, blanchie à la chaux, garnie d'un lit de fer, d'une table étroite, d'un rideau de laine rouge à la fenêtre. Elle regardait son compagnon d'autrefois, toujours simple, qui n'avait rien perdu de sa beauté rugueuse de peuple, en ses vêtements de travail, maculés de plâtre, comme ses mains épaisses, comme ses joues bien nourries.

— Est-ce que tu as fait fortune ? demanda-t-il en s'asseyant un peu plus loin, sur son lit.

— Non, et oui, répondit-elle. Tu dois savoir mon mariage?... Il est décidé...

— Hein!... Et moi?

— Ce n'est pas avec toi que je me marie.

— Mais je t'aime.

— Est-ce pour mon bonheur ou pour le tien ?

— Je t'aime, et voilà tout!

— Hélas! Tu es un forçat du travail. Attachés à la même chaîne, nous nous serions détestés bientôt: c'est la règle.

— Je ne comprends pas ces raisonnements!... Tu es de mon pays, je t'aime depuis que mon sang désire les femmes! Tu n'es qu'à moi!

— Pardon! je n'ai pas escaladé ton quatrième étage pour subir tes reproches !

Pierre frappait des pieds le carreau, tendait les mains vers Mathilde, que la peur gagnait sournoisement. Il osa tout à coup, hurlant des injures contre les riches du monde, attenter à la splendeur de son corps, lui saisir les poignets.

— Tu es à moi !...

— Non !...

— Tu ne dois être qu'à moi !...

— Non !...

— Gueuse!...

Il lui tordait les poignets furieusement. Elle se débattit, d'une robustesse égale. D'un coup sec, aussi prompt que pour arracher une corde, elle se délivra, et haletante encore, tandis qu'il se rapprochait, elle le repoussa contre le mur; trop fière pour s'esquiver, elle le défia fixement, assise de nouveau. Il se reposait sur son lit, plus loin que tout à l'heure, en gémissant.

— Si tu me reçois de cette façon, dit-elle, je ne reviendrai plus.

— Ne plus te revoir!... Je mourrais plutôt.

— Alors, sois raisonnable.

— Pourquoi te maries-tu ?

— Pour mon bonheur et pour le tien, si tu es raisonnable. On me donne la richesse. Je donne mon corps en échange. Le corps, ce n'est rien.

— Le tien, pour moi, c'est tout.

— Pour toi, oui, sans doute. Mais mon cœur, je te le garde entièrement. Serais-je montée chez toi, si...

— C'est vrai. Tu as été bonne... Ne m'abandonne pas.

Câlin, frémissant de peine et de prière, il s'avança, les mains aux poches de son veston bleu. A l'odeur de ses habits, de son haleine pure, elle redevint, un moment d'innocence, la jeune fille de leur pays de misère, qui, avant d'épanouir ses vingt ans, rêvait pour lui et pour elle les petites joies pareilles à des bouquets de printemps, que l'on cueille dans les sentiers le dimanche, et qui si vite se fanent. Il se prosterna timidement, à genoux, sans savoir exprimer quels sacrifices, pour son plaisir, il lui consacrerait. Elle toucha ses cheveux rudes, son front lisse, avec la même douceur qu'autrefois, en disant :

— Tu as été mon premier amour, le meilleur.

— Plus maintenant.

— Je saurai te retrouver...

— O Mathilde!... Ma créature!...

Il lui pressa les mains avec frénésie, pour la retenir encore, tandis qu'elle se levait.

— Je ne te verrai plus. Il me semble que tu es venue me faire tes adieux.

— Pas mes adieux, mais!... Souviens-toi que je n'ai jamais su mentir.

— Je veux t'embrasser... Veux-tu ?

Elle le prit entre ses bras, au risque de se souiller de plâtre, et telle qu'une sœur, avec une sorte d'onction, le baisa sur une joue, puis sur l'autre. Il se penchait un peu, pour l'étreindre sous la taille. Mais, coquette, prudente, elle se retira :

— Ne me décoiffe pas. Au revoir!

— Tes parures m'intimident!... Autrement...

— On saura les quitter, pour que tu n'aies point de crainte, dans mes jours de liberté et de fantaisie.

— Tu me plaisais mieux chez nous, avec tes mains et ton visage noirs de charbon, ta jupe fine sur tes grosses hanches...

— Ne pleure pas, nigaud !

— Adieu !...

— Au revoir!...

Une dernière fois, il voulut l'embrasser. Mais, épuisé par la douleur, il n'eut point de force. Elle partit d'un vol, en un frou-frou délicieux de son manteau et de sa robe. Et là, sur le seuil de la chambre, il se frotta les yeux pleins d'ombre, comme à l'issue d'un songe où un ange du ciel l'eût laissé plus pauvre sur la terre.

VII

Mathilde et Sébastien étaient mariés depuis huit jours. Le soir, ils inauguraient, avec leurs associés Baudois, le magasin de vins, boulevard Poissonnière. Paris, au renouveau d'avril, souriait avec allégresse. Les consommateurs emplissaient bruyamment les cafés, garnissaient les terrasses. Sur la chaussée, dans les autos grondantes et les voitures paresseuses, les femmes rajeunies, étalées sur les coussins, dans leurs toilettes claires, jouissaient du parfum des verdures, de l'odeur tiède des boutiques illuminées. Vers l'Opéra, le soleil s'allongeait dans un ciel sans nuage, parmi des brumes dentelées de pourpre et d'or, dont les reflets puissants traînaient jusque sur les maisons aux fenêtres noires, sur les trottoirs bleus. A cette heure mystérieuse, chuchotante d'amour et de mélancolie, la foule ruisselait avec des rumeurs confondues de fatigue et de joie.

Le flot, de même qu'à un barrage, s'agglomérait, boulevard Poissonnière, devant le magasin Baudois-Lampéric. La vitrine mesurait dix mètres de long, garnie d'une glace transparente, limitée à droite et à gauche par un panneau couleur d'or. Sur la porte, à droite de la glace, des lettres d'or indiquaient le commerce de l'association: « Baudois-Lampéric... Vins du Languedoc, directs de la propriété. » Derrière la glace courait, à mi-hauteur d'homme, une rampe de bois rougeâtre, dont la crête se hérissait de sculptures, représentant, avec leurs couleurs respectives, des raisins, une poire, une figue, une tomate, etc. Ces images intriguaient les passants. Ce qui les amusait davantage, c'était de voir, dans la boutique, les moindres détails de l'agencement. Sur deux côtés, vers la gauche, régnait une table à demi-circulaire, où écrivaient des employés, une vingtaine, que Léon avait recrutés au hasard, rebuts et parias de la civilisation, desséchés par le jeûne, respectables et taciturnes. Au delà de la porte, une tenture de velours grenat dissimulait la porte du cabinet directorial. On avait tapissé les murs de tiroirs, encore vides, et disposé, sur le parquet, des tonneaux de dimensions diverses, aux jolies lueurs de cuivre, derrière le dos des employés.

Au milieu de la boutique, Léon, noble en sa barbe blanche, le buste droit, se promenait lentement, cinq pas à l'aller, cinq pas au retour. Auprès de lui, Sébastien, cossu sous le gibus qui paraissait un fardeau à sa tête pâle, pérorait d'abondance, une main dans la poche du gilet, l'autre rythmant ses phrases. A force de parader devant la foule curieuse, ils se grisaient de leurs illusions.

— L'installation, disait Léon, ne nous aura coûté, en somme, qu'une dizaine de mille francs.

— Mais les employés ?

— A 100 francs chacun, ça ne fait que 2.000 francs par mois. Pour qu'ils coûtent moins cher, on pourrait leur infliger des amendes, de temps en temps.

— Oh !... Nous aurions vite mauvaise réputation.

— C'est égal !... Personne ne nous a encore acheté une barrique.

— Nous avons oublié l'essentiel : distribuer des prospectus.

— Il faudra chercher un autre moyen de réclame, un moyen inédit.

— Ah ! ces Parisiens !... Tas de gobeurs, va !... Regardez-moi cette foule qui bâille devant une boutique où il n'y a rien !...

Soudain, ils se détournèrent, gentils, empressés, au-devant de Mathilde, qui sortait du cabinet directorial. Depuis que, par les soins de son mari, elle était femme tout à fait, Mathilde resplendissait d'une grâce virile. La poitrine opulente, les hanches rondes, elle marchait avec une souplesse insinuante, et tout son corps semblait, comme son visage au grain de soie rose, sourire de bonheur.

— Avez-vous bien travaillé ? lui dit Léon.

— Mon Dieu, oui, répondit-elle. J'ai écrit à ta mère, Sébastien. Je n'ai pas mis sans doute l'orthographe : n'importe. J'ai écrit avec mon cœur.

— Bonne Mathilde !... s'extasia Sébastien.

Dès l'apparition de Mathilde, la foule s'était amassée, plus compacte, sur le trottoir. Sébastien, dans sa gloire d'époux, se troubla un peu d'une telle curiosité. Elle, au contraire, examinait avec tranquillité ses ongles, plus reluisants que des bagues. Mais, ayant relevé le front, elle reconnut, parmi les badauds, Pierre, son camarade, qui la regardait avec des yeux courroucés. Elle pâlit, chancela d'une angoisse si profonde que Sébastien, alarmé, dut la soutenir par la taille.

— Tu te trouves mal ?

— Non !... Ce n'est rien.

— Si... Parle-moi !...

Elle vit de nouveau, parmi la foule anxieuse, Pierre, qui maintenant la menaçait d'une main.

— Allons-nous-en !... dit-elle.

— Où ?... Entre ici !...

— Tiens !... c'est lui !... Lui qui me regarde !... Pierre !...

— Je ne peux le reconnaître, puisque je ne l'ai jamais vu.

— Laisse-moi !...

Ecartant son mari, elle se réfugia, lente et hautaine, dans le cabinet directorial. Les deux hommes la suivirent. Léon n'osait la toucher. Il la voyait plus précieuse en son désarroi, le corps à l'abandon dans le fauteuil, où elle se renversa, la nuque reposée sur le bras de son mari. Les paupières closes, elle pleura. Quel mystère s'agitait donc en cette âme d'enfant, qui avait jusqu'à cette heure montré, au milieu de sa fortune, tant d'assurance ?

Elle suffoquait de honte et de colère, pleurait, criait, frappait des pieds. Léon proposa de dégrafer son corsage.

— Une syncope !... Il faut de l'air ! de l'air !...

Il avançait déjà ses doigts habiles, lorsque Sébastien honnêtement l'arrêta :

— Tu déshabillerais ma femme !... Ne te gêne plus !...

— Hé ! mon ami !... C'est dans ton intérêt !

— Soit !...

Mathilde reprit son équilibre, ne fût-ce que pour éviter une brouille entre les deux hommes, et, sur les instances de Sébastien, elle expliqua la cause de son malaise :

— Tu n'as pas vu Pierre ?

— Mais je ne le connais pas !

— C'est vrai. Il me regardait avec des yeux de bête fauve. Je crois qu'il se serait rué sur moi à travers la glace, s'il avait pu.

— Tu n'as rien à te reprocher ?

— Non.

— Alors, tu n'avais qu'à lui tourner le dos. J'étais là pour te défendre.

— C'est vrai. On ne raisonne pas.

Pour le rassurer lui-même, en ses appréhensions d'époux ombrageux, elle saisit son front tendrement, le baisa d'une bouche tremblante, avec un appétit qui fit tressaillir d'envie Léon, dans son coin. Sébastien, à mesure qu'elle s'égayait, lui tapotait les joues, qui brûlaient encore de larmes.

— Que Léon, supplia-t-elle, aille voir si Pierre est resté dans la foule.

Léon, tout de suite, obéit. Il remarqua, dans le magasin, une certaine effervescence parmi les employés qui, le porte-plume à l'oreille, épièrent ses gestes, pour surprendre une explication du drame. Léon, finaud, affecta de l'insouciance.

— Messieurs, ne flânons pas !...

Il observait néanmoins, dans la foule, les têtes nouvelles qui se pressaient contre la glace. Pierre avait disparu. Moins encore que Mathilde, il avait supporté avec calme l'émotion de leur rencontre merveilleuse. Il avait eu peur pour elle, pour son bonheur et sa sécurité ; et, bousculé par la foule méchante, il avait repris son chemin, sans une protestation. Jamais il n'avait autant souffert de sa misère, senti la jalousie lui labourer ses membres, comme un couteau.

Dans sa chambre glacée, il dormit mal, hanté soudain par un fantôme qui soulevait les ténèbres, pour rire de lui. Au réveil, il éprouva dans sa tête, contre ses tempes, le martèlement continu d'une masse de bois. Il ne put se rendre à l'ouvrage. Dans son isolement, l'idée de manger, de boire, ne lui vint même pas. Tandis qu'alentour bourdonnait la rumeur de Paris dédaigneux, il eut honte de se savoir délaissé. Ah ! s'il avait su !... Au lieu de se soumettre aux caprices de Mathilde, il l'eût prise de force entre ses bras, il eût imposé dans la chair adorable de sa bien-aimée le goût de la vie, de la sienne !

Le soir, en montant vers sa chambre, ramena le fantôme rieur de Mathilde, parmi les brouillards. Il écoutait là-bas, dans la rue, le bruit des ouvriers rentrant en leurs taudis, lorsqu'un bâton, à plusieurs reprises, cogna sa porte. Etonné, il cria :

— Qui est là ?

— Ouvrez !... ouvrez !... répondit la voix volontaire d'un homme.

Il soupira de déception, et, se reposant sur son lit, grommela :

— Vous vous trompez ! Je ne vous connais pas.

— N'êtes-vous pas Pierre Virazel ?

— Si !... Attendez !...

Il ouvrit, non sans méfiance. Alors, devant lui apparut, un peu narquois, rouge de sueur, M. Alexandre Jaume.

— Je ne vous connais pas ! balbutia Pierre.

— Minute !...

L'intrus referma la porte, ensuite s'assit paisiblement sur la chaise.

— Bonjour, jeune homme. Ou, plutôt, bonsoir !

— Mais, monsieur, vous vous trompez !

— Non. Je suis un propriétaire, celui de la maison de la rue Lepic où habitait, il n'y a pas longtemps, une personne que vous connaissez beaucoup, celle-là : Mathilde Baudry.

— Mathilde !...

— Ma concierge, Mme Gaubert, qui est au courant des gens et des choses de tout le quartier, m'a raconté vos petites histoires avec cette jeune dame. Elle m'a donné votre adresse, et je suis venu vous trouver...

— Ah !... Pourquoi ?...

— Parce que vous pouvez me servir !... Oh ! je vous récompenserai. Je fais encore, de temps en temps, construire des maisons ; je vous embaucherai dans une entreprise. D'abord, dites-moi où est passée notre Mathilde.

— Est-ce qu'elle vous doit quelque chose ?

— Non.

— Elle s'est mariée avec un bourgeois, un de vos locataires.

— C'est donc vrai ?... Diable !... Mme Gaubert m'avait déjà renseigné. Seulement, je me défie des exagérations... Où demeurent-ils, ces nouveaux mariés ?

— Sur un boulevard, dans un magasin superbe !

— Et vous ne regrettez pas votre Mathilde ?... Vous souhaitez peut-être qu'elle fasse fortune avec son mari ?

Pierre baissa la tête, et sombrement répondit :

— Je souhaite qu'elle soit punie de m'avoir délaissé. Qu'est-ce que je suis, monsieur, à Paris, sans elle ?... J'enferme ma colère au fond de moi, tant que je peux. Mais, si je ne craignais pas la police, je me vengerais !...

Il frappa de ses poings les draps minces de sa couche ; puis, rougissant de son impuissance, il leva les yeux sur cet homme immobile qui le regardait, et lui demanda :

— Pourquoi venez-vous me trouver ?

— Parce que je ne veux que du bien à votre amie, qui s'est fourvoyée dans ce mariage... Parce que son mari est un coquin !

— Qu'est-ce qu'il a fait ?

— Je ne peux pas le dire. Mais je lui veux du mal de mort. Oui, il s'est fichu de moi : il me le paiera cher. Ça ne me surprend pas, qu'il vous ait volé votre amie... Nous devrions nous liguer contre lui.

— Comment ça ?

— Tenez, voilà ma carte. Venez me voir dans huit jours : je vous expliquerai comment délivrer votre amie, et tordre le cou à son maître.

Pierre prit timidement la carte, épia en dessous cet homme charnu, aussi mal vêtu qu'un chef d'équipe. Puis, d'une voix sourde, il répondit :

— Croyez-vous que je me mettrai à votre solde pour accomplir une mauvaise action ?

— Vous ne m'avez pas compris... Ce gredin et sa femme se moquent de vous, pendant que vous souffrez...

— Oui, je suis seul à présent sur la terre, et l'amour me ronge... On peut toujours essayer de séparer mon amie de son époux.

— Avec moi, qui connais les tribunaux et la police, vous ne risquerez rien... Venez donc à Saint-Mandé dans huit jours, jeune homme.

— Eh bien, oui, monsieur, j'y viendrai.

— On s'entendra.

M. Jaume sortit, un peu solennel, avec le fracas de ses souliers ferrés sur le carreau...

VIII

Monsieur Jaume, en vrai Parisien, ne fréquentait que le quartier de ses affaires, Montmartre. Depuis dix ans, il n'avait pas revu le Louvre, la Madeleine, une seule fois. Aussi, pour se rendre boulevard Poissonnière éprouva-t-il un amour-propre de s'endimancher. En son pantalon de drap gris nettoyé, sa jaquette où ne manquait plus un bouton, il partit lestement à travers la foule, qui lui parut plus nombreuse que jadis, et plus vive.

Certes, Pierre avait décrit en détails le magasin Baudois-Lampéric, son luxe de couleurs, sa classe d'employés grattant de la plume sur une large table. Mais tant de richesses éblouit M. Jaume; un moment, il fléchit en ses résolutions. Pourtant, aurait-il dépensé en vain des frais de temps et de voyage ?... Il entra, balourd, tapotant le parquet de sa canne. A peine avait-il refermé la porte qu'un monsieur, soulevant la tenture du cabinet directorial, s'empressa à son service. Ebahi de voir, au lieu du petit Sébastien, un homme de moyenne taille, habillé comme un mylord, paré d'une splendide barbe blanche, M. Jaume bredouilla :

— Je me trompe... Pardon !

— Qui demandez-vous ?

— M. Lampéric.

— C'est moi, monsieur.

— Pas possible !... Vous auriez grandi bien vite !...

— Je ne suis pas M. Lampéric. Mais c'est la même chose, lui et moi. Si vous avez des ordres à me confier...

— Pas pour aujourd'hui. M. Lampéric est une de mes bonnes connaissances. J'ai à lui communiquer une nouvelle très importante.

— Relativement à notre commerce ?

— Oui et non.

— Il n'est pas là, pour l'instant. Si vous voulez passer dans notre cabinet, nous causerons à l'aise.

— Ma foi, ce n'est pas de refus.

Une curiosité poussait M. Jaume à pénétrer, en sa réalité vivante, le cadre où Mathilde avait engagé sa destinée. Sur la porte du cabinet, il s'arrêta court, devant l'opulence des tapis, des meubles de soie, dans la blanche clarté des lampes électriques : Mme Baudois, sur la table à tapis vert, était si occupée à fabriquer des cocottes avec des papiers de couleurs diverses, qu'elle ne soupçonna point l'arrivée d'un inconnu. Mais, ayant levé le front, elle se troubla, et, avec une inquiétude d'écolière prise en défaut, elle déchira ses cocottes ensemble. M. Baudois fit les présentations :

— Mme Léon Baudois, mon épouse... Monsieur... Ah ! Monsieur... Comment, s'il vous plaît ?

— M. Jaume, de Saint-Mandé, ami de Sébastien Lampéric...

M. Jaume s'installa bravement dans le fauteuil capitonné, remonta sur un genou, puis sur l'autre, un peu de son pantalon. Il passa sa langue gourmande sur ses lèvres et dit :

— M. Lampéric était, il n'y a pas longtemps, un de mes locataires, à Montmartre. J'ai conservé de lui un souvenir excellent, ainsi que d'une de ses voisines, qui était jolie comme un ange. Elle s'appelait Mathilde Baudry.

— Elle est aujourd'hui sa femme.

— Merci, monsieur; je m'intéresse à ces enfants. Ils sont si drôles !... Alors, c'est eux qui ont établi ce magasin ?

— Oui, monsieur, c'est nous. J'en ai eu l'idée le premier.

— Ah !... Il doit vous coûter cher ?

— Aux débuts, oui; mais il faut de l'audace, toujours de l'audace, comme disait Napoléon à Austerlitz.

— Vos frais d'établissement et de publicité n'absorberont-ils pas trop vite votre fortune ?

— Non, monsieur.

— Ce serait dommage de travailler pour vos successeurs. Tenez, je ne sais où placer mon argent. Les immeubles me donnent un tintouin du diable. Les sociétés de crédit croulent fatalement, un jour ou l'autre, sur leurs gogos. Reste le commerce. Si vous êtes sérieux...

— Oh ! par exemple !

— Economes, je veux dire, persévérants, je pourrai placer ici quelques capitaux.

Léon s'agita dans un bonheur qu'il ne parvenait guère à dissimuler. Le magasin, en effet, n'attirait point de clientèle. S'il continuait de cette allure, il dévorerait, au bout de trois ou quatre ans, les ressources de ses patrons. Quel miracle qu'un Crésus leur tombait du ciel, avec une offrande de capitaux dans sa poche !... Léon, ne fût-ce que pour inspirer confiance, répondit sur un ton de noblesse :

— Je crois au succès, monsieur. De plus, j'ai les reins solides. Cependant, on pourrait développer le commerce... J'en délibérerai avec Sébastien.

— Parbleu !... Où demeure-t-il, ce brigand-là ?

— Rue Chauchat, 20 *bis*.

— Bien !... Je vais le surprendre.

Soufflant du poids de sa bedaine, M. Jaume salua la dame maigre, qui se souleva une seconde, ensuite M. Léon, qui le reconduisit, en vieux camarade, jusqu'à la porte du magasin. M. Jaume, sur le boulevard qu'embaumaient les kiosques des fleuristes et les feuillages des marronniers, se crut un des seigneurs de l'argent et de la noce baguenaudant çà et là, devant les boutiques, parmi des femmes. Rue Chauchat, dans le clair escalier, il se mit à chantonner de plaisir. Au premier, une bonne lui ouvrit, grosse, courtaude, que Sébastien, si trapu lui-même, avait sans doute embauchée à cause de sa taille. Elle l'introduisit, avec mille excuses, dans la salle à manger. On décorait le salon et le boudoir.

M. Jaume ne voulait d'abord s'entretenir qu'avec Mme Lampéric; et, de sa voix grasseyante, il le recommanda expressément à la bonne, effarouchée. Malgré lui, la richesse de l'appartement, des tableaux en leurs cadres d'or, des potiches, des bibelots, des plantes vertes, toute cette élégance qui faisait la guerre au luxe du magasin, l'impressionna. Mme Lampéric apparut. A cause de la pénombre, elle le prit pour un fournisseur, dans sa vulgarité, la canne à la bouche. Elle s'approcha, discrète; tandis qu'il saluait, elle le reconnut.

— Vous !... Que faites-vous ici ?

— Chut !... Vous êtes mariée ?

— Mon mari, Sébastien Lampéric, est au salon. Il surveille les tapissiers.... Ecoutez...

Ils prêtèrent l'oreille. Dans la pièce voisine, un marteau précautionneux battait une rosace, un clou doré. On entendait la voix éraillée de Sébastien, indiquant la place d'un tableau, suppliant qu'on tirât le tapis davantage. M. Jaume, convaincu enfin de la gravité de cette installation, admira Mathilde, qui, toujours fraîche en son peignoir de linon bleu garni de valenciennes, s'appuyait, debout, à la table de cerisier. Il lui dit tout bas :

— Je viens du magasin... vous chercher.

— Vous êtes fou !

— Oui, de vous.

— Ah çà !... Quand vous ai-je donné le droit de m'adresser de pareilles impertinences ?

— Jamais encore... Plus tard... Vous avez tort de me bouder... Mais, sapristi !...

Il l'agrippait par la cordelière, afin qu'elle s'assît auprès de lui. Rouge de peur, plus odorante en sa chair tourmentée, comme une rose sous la pluie, elle se récria :

— J'appelle mon mari !...

— Oui, qu'il vienne !... J'ai à lui parler.

— Il semblerait, d'ailleurs, que j'aie à me cacher de lui.

Leste, elle s'esquiva.

— Sébastien !... appelait-elle ; arrive ici !... C'est M. Jaume !...

Sébastien sortit du salon en maugréant :

— M. Jaume ?... Qui donc est-ce ?...

— Notre propriétaire de la rue Lepic !

— Ah !... Qu'est-ce qu'il veut ?

Elle l'amenait comme un enfant, si bizarre sous son gibus, en bras de chemise. M. Jaume s'avança aussitôt, par une prévenance flatteuse, et déclara :

— Ce que je veux !... Asseyons-nous là; je vous expliquerai... Ça va bien ?

— Pas mal. Et vous ?

— Je viens de votre magasin, boulevard Poissonnière. J'y ai rencontré M. et Mme Baudois. Il paraît que la clientèle regimbe !

— Au contraire !...

— Non. Je suis un vieux renard; je connais les affaires, la difficulté des temps... Rien ne va.

— Voudriez-vous acheter ?

— Oh ! non !... Seulement, je pourrais engager des capitaux.

— Tant mieux !... Je vais m'apprêter...

— Pas si vite. Je viendrai vous revoir. Nous causerons à tête reposée.

— C'est ça. D'ailleurs, je vous invite à pendre ici la crémaillère, avec nous... A bientôt !... Je n'ai pas une minute à moi !...

Sébastien s'en retourna gaiement au salon. M. Jaume, sans différer, ressaisit Mathilde, et d'une poigne si volontaire qu'elle se laissa choir auprès de lui. Ravie d'une telle témérité, devait-elle rire ou se fâcher ? Il finissait, à force de cynisme, par l'intéresser à ses convoitises. Elle n'avait plus à protéger d'une injure la virginité, autrefois précieuse, de son corps. Et parce qu'il était dans sa nature de plaire aux hommes et de les tromper, parce qu'elle aimait la joie, elle se mit à rire.

— Etes-vous donc mon maître ?

— Pas encore... Ah ! vous croyez, à votre âge, que le soleil d'été luit toujours sur les êtres et les choses ? Vous avez tort. Je connais votre époux : il est du Midi, il a le génie du mensonge et de l'extravagance. Je vous annonce que, dans deux ans, il sera ruiné.

— Eh bien, merci !

— Pas si fort !... Restez !...

— Pardon ! Je suis une honnête femme...

— Surtout avec Pierre...

— Pierre !... Qui est-ce ?...

— Pas si fort !... J'ai découvert tous vos secrets. Si je ne retenais pas votre Pierre, il vous arracherait vite à votre époux.

— Assez !... Pitié pour moi, je vous prie !

— Oh !... je ne suis pas un lâche...

Elle le regarda, les mains jointes, avec une imploration qui entr'ouvrait béatement ses lèvres. Lui, d'humeur toujours égale, s'inclina sur ses épaules frémissantes, sur sa gorge qui exhalait l'odeur du linge fin, de la peau plus douce que les raisins d'une treille au soleil. Il ricana, lourd de sensualité.

— Comment avez-vous pris ce bout d'homme ?

— Voulez-vous vous taire !

— Vous l'aimez ?

— Tant qu'il me sera dévoué, je ne vivrai que pour lui.

— Il n'y aura pas toujours du sucre sur votre table. Le vinaigre arrivera... Si vous aviez voulu...

— Si vous insistez, je vous chasse... Ecartez-vous !

— Je ne vous ai pas chassée, lorsqu'un matin, chez moi... Oui, je suis laid, mal vêtu. Mais j'ai de l'argent. Et votre mari, est-ce qu'il est beau ?

Mathilde se redressa d'un bond. Irrité lui-même, il l'obligea de se soumettre entre ses mains, qui déjà la caressaient, lorsque Sébastien rentra.

On ne l'entendait pas, à cause de ses pantoufles. Déconcerté, soudain, il s'arrêta, puis, d'angoisse et de fureur, il grinça des dents, frappa des pieds. Mathilde, à ce bruit, tressaillit, et, reprenant la conscience de son devoir, elle voulut trop vite se détacher de M. Jaume. Celui-ci, loin de se troubler, sourit des yeux à Sébastien; il dit, bonasse :

— Je confiais à madame...

— Quoi donc !... Je suis navré, monsieur...

— En voilà des histoires !... Je confiais à madame que si vous avez besoin de moi...

— On le sait !...

— Aujourd'hui même...

— Ah ! ah !... Aujourd'hui ?

— Je suis à votre service, quand vous voudrez, chez moi.

— C'est parfait.

Mathilde s'était levée, non sans peine. Elle s'accouda sur une épaule de Sébastien, qui eut un frisson de plaisir, malgré lui. M. Jaume se leva avec nonchalance. Puisqu'il ne pouvait plus tourmenter la femme par ses tentations, il salua et, selon sa brusquerie d'habitude, disparut.

Mathilde, pour montrer de l'assurance, fit l'espiègle, sauta sur son mari. Celui-ci, de dégoût, se rebiffa :

— Laisse-moi !... Que te racontait cet homme ?

— Il te l'a dit.

— Dois-je le croire ?

— Parbleu !... D'ailleurs, s'il a du goût pour moi, puis-je l'en empêcher ? Crois-tu que je vais me déshonorer avec un vieux de cette espèce ?

— Cependant, j'ai vu...

— Sans comprendre !... Je le laissais faire, parce que plus tard il nous aidera. Et c'est par des injures que tu me récompenses !

— Alors, tu l'écoutais par dévouement ?... Mathilde !... Il lui tendait les bras avec ferveur. Elle se pencha un peu, afin qu'il pût l'embrasser à l'aise.

— Ne te trouve jamais seule chez lui, murmura-t-il.

— N'aie pas peur.

IX

Là-bas, dans Nézignan-l'Evêque, l'oncle Alcide languissait après Mathilde. Il déclara, un jour, à sa sœur, que tous les deux, par économie, devraient aller dans la capitale vivre auprès de leurs enfants, au même foyer, à la même lumière. Mère Adèle ne se fit guère prier; car, de son côté, elle languissait après son fils, et elle espérait obstinément le ramener dans leur sage Languedoc. Sans vendre les propriétés de l'Hérault, ni la maison du Plan-des-Sauvages, ils s'embarquèrent pour Paris.

Le lendemain soir, Mathilde et Sébastien, escortés des Baudois, attendaient les deux voyageurs à la gare de Lyon. Quelles embrassades sur le quai ! Quels caquetages !... Mathilde s'en irrita la première.

— Prenons une voiture !... s'écria-t-elle. Pensez à vos bagages !...

— C'est vrai, acquiesça l'oncle. N'emportons aujourd'hui que nos malles.

Couvert de poussière et de charbon, il bouscula sa sœur harassée, qui s'enveloppait d'un châle, à cause du froid terrible qu'on lui avait prédit à Paris. Léon, pour ne pas se séparer de Mathilde, commanda un omnibus capable de contenir tout le monde. Bientôt, on partit en famille pour la rue Chauchat. L'oncle brûlait de ses yeux avides le visage de Mathilde, dont la clarté toujours comme celle d'une étoile, dégageait de la joie. Pour tromper sur ses idées de concupiscence, il entama une conversation à propos du magasin. Les trois hommes, avec leur impétuosité de Méridionaux, cherchant à s'éblouir les uns les autres, ne parlèrent tout le long du trajet que de leur fortune prochaine. Mère Adèle réclamait bien quelques éclaircissements précis sur ce commerce; Berthe, de temps à autre, se plaignait des gaspillages de son mari. Mais les trois hommes, loin de répondre à ces femmes tatillonnes, s'évertuaient à briller par l'intelligence, devant Mathilde. Celle-ci, à de telles discussions d'argent, faisait la moue. Au milieu de ces êtres de mensonge, qui riaient de tout, sans avoir la sécurité du lendemain, devinait-elle que sa jeunesse, dans leur médiocrité de bourgeois vaniteux, risquait de s'enliser ? Sur les boulevards, elle envia les femmes libres, belles, en causette avec des hommes qui lui semblaient cousus d'or et discrets.

Rue Chauchat, dès que les Baudois eurent pris congé, Sébastien interrogea, non sans anxiété, son épouse :

— Souffres-tu de quelque chose ?

— De rien, mon chéri.

— Tu n'as pas l'air content ?

— Au contraire.

Elle ôta son chapeau, son collet, mit ses pantoufles, et réfléchissant qu'elle devait, pour son intérêt, persévérer dans la douceur et dans la ruse, elle ajouta :

— J'ai pitié de ta mère. Je vais lui apporter un bouillon.

— Chère Mathilde !...

Elle s'en fut dans la cuisine, presser la bonne. D'ailleurs, elle éprouvait, à l'égard de mère Adèle, une tendresse d'enfant. Pauvre femme si crédule, dans quelles calamités elle se jetait avec son argent et son cœur ! Deux ans, peut-être, selon les prédictions de M. Jaume, la fortune des Lampéric résisterait aux coups du torrent qui, dans Paris, roule tant d'épaves. Ensuite, que deviendrait-elle ? Qui la recueillerait ? Mathilde s'apitoyait d'autant plus sur son sort, qu'elle-même se connaissait trop faible pour soutenir, dans les épreuves, une femme qui, après tout, n'était pas sa mère.

Sébastien avait rejoint les deux voyageurs dans la salle à manger. Brusquement, ils l'interrogèrent sur le bonheur de son mariage.

— Oh ! s'exalta Sébastien. Tout marche à souhait !... Mon magasin est connu de Paris, comme l'Opéra !... Ma femme ne pense que par moi !... *Té !* Regardez si nous sommes bien logés !...

Les deux provinciaux demeuraient, en effet, ébahis du confortable de cette bonbonnière rouge, dorée, douillette, où ronronnait le bruit des rues, pareil à la rumeur d'une mer lointaine.

Mathilde apportait deux bols de bouillon. L'oncle, au passage, lui baisa le bras. On se mit à rire. Sébastien le premier, tandis qu'elle punissait le vieux drille d'une tape sur la tête :

— L'oncle, vous vous dites fatigué, et vous songez à la gaudriole !...

Il dégusta le bouillon, sans répondre. Il voulut se coucher tôt, en même temps que sa sœur. On leur avait aménagé, au fond de l'appartement, deux chambres exiguës, sourdes, parfumées de tapis, de linges neufs, des chambres de demoiselles. Ils s'émerveillèrent une fois encore de la poésie que, dans la capitale, les objets les plus vulgaires répandent sur les murs. Mon Dieu ! Sébastien ne dépensait-il point, par hasard, tout son argent d'un coup ? Mère Adèle, hypnotisée par tant d'élégance, ne protestait plus, de crainte de paraître sotte. L'oncle, lui, se défendait de raisonner. Il couchait dans le même appartement que Mathilde, et cette satisfaction absorbait, pour l'instant, les forces de ses sens et de son cerveau. Ils dormirent si bien dans leur lit profond, qu'ils se levèrent tard.

Mathilde désira vite montrer Paris à mère Adèle. Celle-ci s'habilla de dimanche, robe de soie raide autant qu'une cloche, bonnet de satin serré au front.

Après déjeuner, elle suivit sa bru, avec quel orgueil d'une enfant radieuse que tous les passants enviaient ! Dans les rues, au milieu du tintamarre de la foule, elle riait de ses frayeurs de paysanne, et, pour traverser les chaussées, elle soulevait sa robe, comme pour franchir un ruisseau. Sur les boulevards, aux enluminures de foire grouillante, ce fut soudain pour ses yeux la révélation d'un monde de gaieté et de labeur : la richesse des boutiques, la fièvre d'un peuple mêlé de tant de races, sur les trottoirs encombrés, toute cette rumeur d'une vie sociale en fermentation, la saisit de joie à son cœur de Languedocienne. Et, parmi la clarté des feuillages et du ciel bleu, elle s'écria :

— Moi aussi, j'aime Paris ! Ah ! si nous pouvions y rester !...

— On y restera toujours, répondit Mathilde.

Boulevard Poissonnière, elles durent, pour arriver jusqu'au magasin, s'insinuer à travers plusieurs rangs de badauds. L'oncle y était rendu déjà. Mère Adèle, devant la magnificence de l'agencement, éprouva de l'angoisse.

— Tout est payé ? demanda-t-elle.

— Parbleu ! répliqua Sébastien.

— Et vos bénéfices ?

— Nous n'y comptons pas avant l'hiver.

Elle n'osa plus manifester ses scrupules, livrée désormais à la fatalité des choses trop belles, à l'inspiration de ses enfants instruits qui la dégourdiraient. Titubant un peu de ses émotions confuses, elle se laissa entraîner au dehors par Mathilde. L'oncle fit mine de les suivre. Mathilde, sans ménagement, le rabroua :

— Restez au magasin ! Vous y serez utile.

— Moi ?

— Votre âge inspirera confiance.

— Pas mal. Voilà deux heures que je m'y promène avec ces messieurs, et pas un client n'est entré...

On le laissa geindre sur la porte.

Chaque jour, les deux femmes sortirent ensemble, pour des promenades si longues que mère Adèle, enfin, implora du répit :

— Tu me tuerais, mon enfant !... Aujourd'hui, reposons-nous.

Mathilde, cependant, ne pouvait pas, en domestique, se cloîtrer dans l'ombre ennuyeuse d'une maison. Elle avait bien, par le mariage, abandonné son corps. Mais son esprit, son cœur n'appartenaient qu'à elle. Le bon Dieu l'avait, avec ses charmes, douée d'une richesse assez honorable pour qu'elle revendiquât l'entière joie de vivre. Elle songea, pour se consoler, auprès de mère Adèle, des tristesses de son appartement, à l'homme simple et humilié de sa race, à Pierre. Si elle savait dissimuler ses langueurs en présence de Sébastien, qui la gâtait comme une maîtresse, elle s'irritait des obsessions de l'oncle.

Mais une idée vint à Mathilde de profiter, justement, pour le plaisir de son corps, des malices de ce vieux singe. Un samedi soir qu'il grondait devant sa chambre, contre la porte close, malgré les remontrances de mère Adèle, la jeune épouse apparut précipitamment pour lui dire :

— Mon oncle, soyez sage. Demain matin, nous irons tous les deux voir Paris.

— C'est vrai ?

— Je n'ai qu'une parole...

Ils rentrèrent, satisfaits l'un de l'autre, dans le boudoir, auprès de mère Adèle, qui gourmanda son frère :

— Pourquoi tracasses-tu Mathilde ?

— Hé !... C'est pour elle que nous sommes venus dans ce bazar de Paris, et je ne jouis jamais de sa personne !...

Mère Adèle, se tournant vers sa bru, soupira :

— Tu nous fais à tous tourner la tête. Mon frère est si original. Pardonne-le.

— Mais oui !...

L'oncle, à table, dérida sa figure, si impassible d'ordinaire. Sébastien souriait de haut, avec importance.

Lorsque, de très bonne heure, l'oncle gagna sa chambre, Mathilde lui recommanda de dormir sans souci :

— Oui, petite ! remercia-t-il. J'aurai demain la jambe alerte.

Il frétillait tel qu'un poisson dans l'eau, en été. Malgré ses efforts, il dormit peu. Le jour blanchissait à peine la rue qu'il s'élança vers la fenêtre, afin de consulter la couleur du temps. Il se purifia d'ablutions sans nombre, revêtit coquettement ses habits les plus jeunes. Bien avant l'heure convenue, il se présenta dans la salle à manger que quittait la servante, armée de son plumeau et de sa brosse. Bientôt, il se fatigua d'attendre. C'est que Mathilde procédait aussi à une toilette minutieuse, baignant son corps d'eau froide, le parfumant comme une œuvre d'art sacrée.

Et songeant à Pierre, qui jamais n'avait connu les joies de l'amour que dans leur simplicité, elle frissonna de l'orgueil nouveau de lui apporter une révélation de beauté, de vie, une fête de chair que l'aristocratie de son linge faisait divine. Enfin, elle sortit de sa chambre en froufroutant de la jupe, et brave, rieuse, elle apparut dans la salle à manger, à toute la famille, qui s'extasia. L'oncle, d'un bond de cabri, se redressait. Elle l'apaisa :

— Déjeunons !...

— C'est pour nous qu'il fait soleil !...

Mère Adèle n'ôtait point ses yeux de l'enfant, qui répandait, ainsi qu'un buisson de roses, tant d'innocence. Son cœur, pourtant, se serrait d'une inquiétude de la trouver trop belle, semblable aux femmes du péché. Sébastien, trempant ses tranches de pain dans le chocolat, pâlissait d'amour. Au moment du départ, il vérifia la toilette de Mathilde, lui offrit de l'argent.

— Si nous ne sommes pas rentrés à midi, ne nous attends plus, dit-elle.

— Oh !... je t'en prie !... Je t'attendrai !...

— Ton oncle me mettra en retard, j'en suis sûre.

Elle riait, sans aucun émoi de honte. Adressant à son mari un dernier baiser, elle descendit rejoindre l'oncle qui, au bas de l'escalier, piétinait d'impatience. Superbe, lui aussi, en son pantalon et sa jaquette noirs, son gilet blanc, la barbe mouillée de brillantine, il lui offrit son bras, dans la rue. Elle feignit de ne pas comprendre, disant :

— Nous irons au Bois de Boulogne.

— Prenons une voiture.

— C'est trop cher. Nous monterons sur l'impériale d'un tramway, pour bien jouir du spectacle de Paris.

— Va pour le tramway !...

Rue Taitbout, ils s'empressèrent, au milieu d'une affluence énorme, vers les marchepieds d'un tram qui rentrait à peine de sa course. Ils purent monter, les derniers. Heureusement pour Mathilde, les deux places étaient séparées par toute la longueur de la voiture. Elle ordonna à l'oncle de se caser au fond de la banquette, tandis qu'elle-même s'asseyait près de l'escalier. Le tram démarra. Mathilde, alors, se troubla dans ses résolutions. Aurait-elle la force de commettre le crime d'ingratitude, de se jeter dans une aventure dont les conséquences pouvaient ruiner sa fortune ?... Mais Pierre ! Elle languissait de le voir; elle le trompait depuis longtemps : que de compensations ne lui devait-elle pas ! Si elle arrivait à sa maison trop tard, ne s'ennuierait-elle pas, seule, dans Montmartre ? Et si, la première fois, elle manquait de courage, ne connaîtrait-elle pas, ensuite, dans ses velléités de révolte, des défaillances pires ?

Alors, méprisant ces Lampérie, qui dévoraient leur bien par gloriole, sans s'amuser de la vie, elle se leva d'un sursaut, à la deuxième station, descendit le roide escalier, et d'un essor partit, sans se détourner une seconde, à travers la foule stupéfaite. L'oncle Alcide, bien sage au fond de la banquette, suçait paisiblement le bout de sa canne, lorsque, rue Lafayette, Mathilde hélait un cocher maraudeur et se faisait vite porter à Montmartre. Le désir d'amour caressait son cœur frais, qu'elle sentait au, son sein parfumé comme une vigne en fleur.

Rue Germain-Pilon, dès qu'elle eut payé le cocher, elle grimpa dans la maison de Pierre. Tout en haut, elle n'eut qu'à pousser la porte. Pierre, en manches de chemise, s'était débarbouillé, ce matin, à grande eau de savonnade: il se séchait maintenant au soleil, qui entrait par la fenêtre comme un oiseau. A la vue de Mathilde, il recula de stupeur.

— Toi ici !... Que viens-tu faire ?

Elle souriait, un peu rouge de précipitation, rejetait sur la table son manteau, son boa, son ombrelle.

— Tu as peur, Pierre ?

— Ma foi... que peux-tu vouloir ?

— De toi, rien et tout. Est-ce que tu m'oubliais ?

— Non. Mais je n'espérais plus. Tu viens, par compassion, me dire tes promesses une fois de plus, et puis tu t'envoleras, pour que ma chambre soit plus triste.

— Non. Je t'ai juré que, malgré les apparences, je ne t'oublierai jamais. Je viens te prouver que je ne mens pas.

Elle s'asseyait sur le lit en désordre. Elle regardait Pierre avec attention, en humectant ses lèvres de sa langue pointue.

— Est-ce possible ? bredouillait-il. Tu es à moi ?

Lui, sur ses pieds robustes, sentit tout à coup un vertige le faire chanceler.

— Au moins un jour.

— Un jour ?

— Je fais ce que je peux, nous verrons plus tard.

— Ce n'est pas un reproche que je t'adresse... O mon ange, tu m'apportes le paradis. Un jour de bonheur, pour moi, c'est une éternité.

En extase l'un devant l'autre, ils se regardaient avec une vertu d'amour, qui, à maintes reprises, comme une flamme, les rapprochait dans un baiser. Elle goûtait, sur la bouche résistante de Pierre, entre ses bras musclés, le délice d'une virginité nouvelle, d'une vie brutale et pure, imprégnée des odeurs de la terre. Dans sa volupté, une fois, elle ferma les yeux, comme dans un songe, et se renversa câlinement sur la couche modeste. Il eut alors un scrupule de paraître la ravir de surprise, en un moment de folie. Un peu fâchée, elle rouvrit les yeux et murmura :

— Qu'as-tu ?

— Tu es trop dame. Je crains...

— Ah ! baste !... Crois-tu que je pense à ma toilette ! Ils m'en paieront une autre. Je l'ai certes gagnée par tant de sacrifices, que je leur consens chaque jour. Ferme donc la fenêtre, tire les rideaux.

Pierre obéit, tout frémissant de la sève qui remuait jusque dans son cœur. Elle, à la hâte, dégrafait son corsage; lorsqu'il se retourna, il la vit demi-nue, débarrassée de ses parures, dans la pénombre que le soleil, à travers le rideau, teignait de pourpre. Elle se taisait presque farouche, paraissant plus grande sur les draps où sa beauté mettait de la noblesse. Ses yeux brillaient d'une fixité ardente, deux astres dorés au cœur de la nuit; ses mains en prière attiraient doucement son camarade de toujours, son serviteur. Pierre, ému d'admiration et de respect, n'osait pas s'avancer.

— J'ai toujours été à toi, lui dit-elle. Quand l'autre m'embrasse, c'est à toi que je pense.

— L'autre !... maugréa Pierre.

Il s'approcha lourdement, jaloux, avide d'étouffer entre ses bras, sur le sein de Mathilde, l'image de l'homme qui, de par l'argent maudit, lui avait volé son trésor.

La rumeur du faubourg, dans les loisirs du dimanche, résonnait gaiement par les rues et les maisons, parmi les arbres trop rares, mêlée aux chansons des cloches, sur les toits. La chambre de Pierre jouissait d'une tranquillité sûre. Le soleil, par le rideau rouge, versait sur les murs un feu sombre. Lorsqu'ils se séparèrent, les deux amants sourirent au soleil, puis à eux-mêmes.

— Je me suis émancipée de ma servitude, dit Mathilde.

— J'ai honte, tout de même, de ne point te posséder à ma fantaisie.

— On n'est pas maître de son destin. Dieu nous a fait pauvres, mais il nous a fait beaux.

— Il faudra que j'attende ton nouveau caprice...

— Tu ne me verras, du moins, qu'aux heures de bonne santé et de bonne humeur. Nous passons d'abord ce dimanche ensemble.

— Vrai ?

— Je suis à toi jusqu'à ce soir.

Elle se rhabillait soigneusement, avec l'orgueil de lui révéler les secrets de sa coquetterie mondaine. Ils avaient entr'ouvert le rideau : la chambre illuminé des francs regards du ciel, ne sentait pas le péché du tout. Pierre n'en finit plus, à son tour, de s'apprêter comme pour une noce, afin d'honorer sa compagne; dès le moindre contact, il la bourrait de baisers et de chatouilles. Elle riait, puérile, brûlante encore de sa joie.

— Tu me verras chez moi ! lui dit-elle.

— Chez toi !... Tu as tous les toupets. Mais celui-là, non, je n'y crois pas.

— Ecoute : nous allons donner un grand repas. Tu y seras invité.

— Tu te moques de moi... Où allons-nous maintenant ?

— Où tu voudras. Pas au Bois de Boulogne, pourtant; nous y rencontrerions un vieux singe, qui renifle constamment à mes trousses... Oui, l'oncle de mon mari ! C'est un loufoque.

— Où allons-nous ?

— Tiens, sur les bords de la Marne. Mes amies, à l'atelier, en vantaient beaucoup les parages.

Sur le seuil, Pierre hésita :

— Oserai-je te suivre, en mon costume d'ouvrier ?

— Est-ce que je songe à tes apparences ?... A présent que tu me connais, tu dois mépriser tout le monde.

Elle l'entraîna. Auprès de lui, dans la rue, elle recouvra peu à peu sa fraîcheur et sa simplicité. En fiacre découvert, ils partirent pour la gare de Vincennes, à travers les bruits de la ville en liesse de son dimanche. A la Bastille, ils montèrent royalement en première. Sur les coussins moelleux, ils s'embrassèrent aussitôt, avec une douceur d'aller à la terre demander sa bénédiction. Depuis longtemps, ils n'avaient revu, hors des remparts, de l'eau, des arbres, le vaste ciel éclairant les campagnes.

A Champigny, ils descendirent, au hasard, vers la Marne boueuse, qui attire dans ses prés des pavillons et des villas. Le long des haies, cueillant des fleurs, ils se remémorèrent, non sans mélancolie, leur province, les maisons malheureuses de leurs familles; ils oublièrent Paris, cet autre enfer, où des maîtres les enchaînaient, chacun à sa misère. De plus en plus, ils croisaient du monde par les sentiers. Alors, comme des voleurs, ils se cachèrent dans une guinguette lointaine, pour déjeuner.

La table était petite. Ils se touchaient des genoux, se becquetaient en échangeant les plats, et avec une pudeur agréable, quand la servante survenait.

Loin des cafés tapageurs, par les bosquets, ils cherchèrent, sans le dire, un endroit touffu. Partout, des promeneurs les dérangeaient à l'improviste, et qui riaient de leur désarroi, de la disparité de leurs costumes et de leurs manières. Ils fuyaient lentement, avec une honte, chassés du paradis de leur amour, en pleine nature.

— Si je pouvais au moins te garder, ce soir ! gémit Pierre.

— Ne fais pas de rêves inutiles, ricana Mathilde. Avoue, d'ailleurs, que ta chambre manque de confortable.

— Elle n'en manquera peut-être pas toujours.

— Holà !... Que bourdonnes-tu ?

— Rien. Tu m'as dérobé ta personne, je te dérobe ma pensée.

— C'est bon, tu t'en plaindras.

— Eh bien, écoute : il y a quelqu'un qui m'a pris en amitié...

— Quelqu'un !... Une femme ?

— Non, pas une femme.

Il se tut, dans l'émotion de l'avoir, à son tour, troublée par une vision de miracle, et de s'être grandi auprès d'elle. Il ne croyait guère aux générosités de M. Jaume, qui aimait trop vivre seul, loin du monde, au milieu de son argent. Mais il se plaisait, en sa perversité de jaloux, à punir Mathilde de ses malices et à la tourmenter d'une sorte de menace.

— Tu ne veux pas m'apprendre ton mystère ? lui demanda-t-elle.

— Si je réussis, je te l'apprendrai.

— Dis-le-moi, nigaud... Je pourrai t'aider.

Paysan sournois, afin d'éviter la conversation, il s'échappa dans l'herbe d'un champ. Elle courut aussitôt sur ses traces. Puérils et brutaux, se jetant des cailloux, échangeant des injures, pour rire, ils se poursuivirent longtemps, comme autrefois dans leur campagne. Le soir les surprit au sommet d'une colline. Le soleil avait plongé brusquement, là-bas, dans les gouffres de Paris. Au milieu des champs déserts, Mathilde frissonna de se voir seule, au pouvoir de Pierre. La terreur provoqua dans son âme d'enfant un remords anxieux. Si, chez les Lampéric, on ne lui pardonnait pas son escapade, serait-elle contrainte de se réfugier à Montmartre, dans la chambre d'un pauvre ?

— Allons-nous-en !... dit-elle. Sais-tu en quel endroit nous sommes ?

Ils observèrent la plaine immense, où la Marne déroulait son ruban jaune dans les prés déjà noirs, le long des villas bourdonnantes. Au loin, sur une chaussée haute, en bordure de bois épais, un train s'en retournant à Paris sifflait éperdûment, crachait une fumée visible encore à travers l'ombre. Mathilde s'élança sur la pente de la colline.

— Viens !... Il me semble que nous n'atteindrons jamais la gare !... Viens !...

— Quoi !... Tu t'alarmes, toi qui es si courageuse d'habitude ! Est-ce à cause de la nuit, ou à cause de moi ?...

Il l'empoigna furieusement par la taille, ayant la tentation de la garder pour lui seul, à jamais, dans l'inconnu du paysage. Mais, entre ses mains pesantes, sur sa poitrine chaude qui haletait d'amour, elle se débattit, supplia de nouveau. Et, vaincu par son charme, Pierre la délivra, la suivit lâchement.

— Je te veux !... lui dit-il. Je t'aurai coûte que coûte.

— Je ne reviendrai plus avec toi.

— Tu me méprises, parbleu !... Je ne suis qu'un pauvre !...

— Assez !... Ne t'injurie pas toi-même.

Il marchait derrière elle, contre ses hanches, lui soufflait à la nuque une haleine de bête mauvaise, que les esprits de la terre affolent, dans les ténèbres. Elle eut peur. D'un bond, elle s'encourut. Puis, par pitié, elle l'attendit à l'entrée d'une avenue où se promenaient des bourgeois paisibles; elle lui donna la main. Dans la gare, au milieu d'une foule énervée par son dimanche de grand air et de jeux, Pierre éprouva une sensation de gêne, auprès de sa compagne si brillante toujours de luxe et de beauté.

Dans leur compartiment de première, des voyageurs, qu'intéressait le pittoresque de ce couple si différent d'aspect et de parures, prirent place sans bruit. Mathilde assise en face de Pierre, ne baissait pas le front devant ces hommes envieux. Lui, le nez à la portière, regardait patiemment défiler, dans la nuit froide, le bois de Vincennes endormi déjà, des villas éclairées parmi leurs feuillages, et bientôt, après un roulement de tonnerre, sous la voûte des fortifications, les faubourgs de Paris où grouillaient des pauvres, dans une odeur de vieille poussière et d'alcool.

Pierre, sur le quai de la Bastille, dans la cohue se ruant vers l'escalier de sortie, s'empara de sa compagne, avec rage. Mathilde, en touchant le sol de Paris, avait recouvré sa volonté d'enfant égoïste et capricieuse.

— Pierre, dit-elle, tu vas rentrer chez toi.

— Non. Je n'ai plus la force de te quitter.

— Il le faut. Tu n'as pas d'ennuis, toi. Comment vais-je excuser mon escapade, chez mes parents ? S'ils me renient, que deviendrai-je ?

— Ils te chasseront, et je le souhaite. Nous vivrons alors tous les deux ensemble, en travaillant.

— Travailler !... C'est ce que je ne veux pas !...

Tout contre elle, ardent, il apprêtait ses mains pour la saisir, dès qu'elle s'envolerait. Sur la petite place de la gare, ils avaient beaucoup de peine à se faufiler entre les voitures. Elle plaisanta :

— Nous attendrons, pour vivre ensemble, que tu aies fait fortune.

— Si je te disais mon secret, tu serais rudement surprise, terrifiée peut-être.

— Alors, ne le dis pas !...

Un fiacre, retournant de la gare, franchissait une des portes étroites de la grille qui ferme la cour pavée de bois. Mathilde, du trottoir, y grimpa lestement. Pierre menaça d'y monter aussitôt.

— Laisse-moi !... s'écria-t-elle. Tu n'y gagnerais rien !

— Je te veux toujours !

— Descends, ou j'appelle un gardien de la paix !...

Pierre, dans la crainte de quelque expiation, descendit du marchepied docilement, après qu'elle l'eut embrassé sur les joues. Il la salua de son chapeau longtemps, avec ténacité. Mais elle, renversée sur les coussins, ne se retourna pas une fois, tandis que la voiture légère l'emportait au cœur de Paris, dans la nuit illuminée davantage.

Rue Chauchat, en descendant du fiacre, elle sentit ses jambes fléchir. S'effrayait-elle, à la vue de cette haute maison respectable, de reparaître devant son mari ?... Sous la voûte, elle s'enveloppait de son manteau étroitement, comme pour cacher quelque empreinte de sa faute, lorsque la concierge, empressée, lui remit une lettre.

— Oh ! madame ! Vous voilà !...

— Oui. Qu'y a-t-il donc ?

— Je ne sais pas. On vous croyait perdue, assassinée peut-être...

— Vous voyez que non !...

Vive, affectant de l'allégresse, Mathilde monta.

Là-haut, en effet, les Lampéric l'attendaient dans une désolation qui déjà paraissait irrémédiable. Il était huit heures. Aucun d'eux ne s'approchait de la table, qui resplendissait, comme d'habitude, d'ornements et de fruits. Sébastien et sa mère soupiraient, le mouchoir aux yeux. Seul, l'oncle proférait de temps à autre un mot de consolation.

Pour la vingtième fois, Sébastien l'interrogea :

— Comment as-tu donc fait pour perdre Mathilde ?

L'oncle, se gardant d'exprimer tout haut le crime d'adultère qu'il soupçonnait chez une si belle femme mariée à son laideron de neveu, répondit :

— Je suis descendu du tram au point terminus, selon qu'il avait été convenu. Elle a dû descendre plus tôt.

— Naturellement. Mais tu aurais dû t'en apercevoir.

— Oh ! je suis sûr que les Parisiens ne l'ont pas mangée.

— Alors, où est-elle ?

— Je n'en sais rien !

— La reverrons-nous ?

— Certainement !...

L'oncle n'avait pas achevé son cri, que le timbre sonna. Ils se dressèrent tous ensemble, contractés par l'angoisse. La bonne ouvrait la porte avec une telle précipitation, qu'elle se trompait. On entendit la voix haletante de Mathilde, son élan fou dans les plis du manteau. Avant que Sébastien eût trouvé une parole, elle lui sauta dessus, pour l'embrasser. Lui, d'une horreur instinctive, se recula, disant :

— D'où viens-tu ?

Elle se jeta, au lieu de répondre, entre les bras de sa mère Adèle, qui sanglotait. Puis, avec une audace croissante, elle secoua méchamment par les épaules l'oncle qui, encore habillé de noir, avait essayé de l'embrasser, lui aussi.

— C'est vous, lui dit-elle, qui avez tout causé !... Où êtes-vous donc passé, ce matin ?

— Ma pauvre amie, je suis descendu du tram au point terminus, et je vous ai cherchée pendant trois heures. C'était bête...

— Je vous avais recommandé de descendre à la barrière du Bois... Il y avait une foule !... Enfin, je suis revenue sur mes pas, en vous cherchant, moi, aux stations... Et je n'en puis plus !...

Elle s'éventait de son mouchoir, s'épongeait le visage, que froissaient un peu tant d'émotions. Elle s'assit auprès de mère Adèle, qui béatement la considérait, sans rien comprendre à ses explications. Sébastien, les poings aux hanches, sous les pans relevés de sa redingote, piétinait le tapis avec colère.

— Passons à table !... ordonna-t-il. Nous éclaircirons cette louche aventure à notre aise.

Après que la bonne eut servi le potage, il reprit :

— Voyons, Mathilde, tu as cherché l'oncle tout ce matin : je l'admets !... Cependant, ton déjeuner ?... ton après-midi ?... Renseigne-moi posément, sans t'emballer.

Mathilde lui toucha la main sur la nappe, et les yeux fiers de nouveau, les joues radieuses de santé, elle répondit :

— Je suppose que tu ne me soupçonnes pas de quelque méfait ?... Bien !... Alors, je t'apprendrai, puisque tu ne le devines pas, que j'avais honte d'avoir perdu ton oncle.

— Oh ! oh !... protesta celui-ci. Je ne suis pas un enfant !

— Je ne sais trop... Quoi qu'il en soit, lasse de mes recherches, j'ai déjeuné dans un restaurant très chic, mais très coûteux, que je n'ai pas facilement découvert, dans ces parages si lointains pour moi.

— C'est bon. Dépêche !...

Mathilde s'égarait dans son mensonge obscur. Elle raconta une promenade au champ de courses, et à Saint-Cloud, dans les bois que l'oncle avait manifesté le désir de connaître. Le soir, une sorte de remords l'avait saisie, la peur qu'on eût tué son compagnon dans la foule. Elle était rentrée à Paris à pied, jusqu'à la Madeleine. Et là, brisée de corps et d'âme, elle avait pris une voiture, pour arriver bien vite à la maison. L'effort de son mensonge la remua d'une telle douleur, qu'elle se mit à pleurer.

— Ne te chagrine pas, ma fille, lui dit Adèle. Je comprends que tu as dû t'affoler.

— Oh ! oui !... Et encore, ici, on me soupçonne de je ne sais quoi !...

— Non, gronda l'oncle. Personne ne vous soupçonne...

Sébastien, en dépiautant une patte de poulet dans son assiette, baissait les yeux. Mathilde ne jouait-elle pas la comédie, ce soir, devant sa famille, comme naguère devant lui-même ? Il avait, avant leur mariage, assez éprouvé sa volonté, son génie de ruse, pour avoir le droit de se méfier aujourd'hui. Pourtant, avec quel homme eût-elle trahi son époux ? Il ne s'arrêta pas une minute à la pensée de Pierre, lequel était trop pauvre. Et pourquoi, d'ailleurs, l'eût-elle trahi ? Pour provoquer une rupture, détruire à jamais cette fortune qu'elle avait tant enviée !... Il s'apaisa lui-même par des raisonnements agréables. Ce qui l'empêchait d'absoudre tout de suite sa femme, c'était un sentiment orgueilleux d'autorité, le désir de châtier un peu, de s'attirer d'humbles prières. Elle se pencha vers lui avec bonté, baisa la main qu'il allongeait inerte et molle sur la table. Il frémit de plaisir. Rougissant de pudeur, comme un fiancé, il s'excusa d'avoir gardé si longtemps une sévérité bourrue :

— J'ai souffert depuis midi les pires tourments. Pardonne, Mathilde... Oublions tout, puisque te revoilà... Tu dois être éreintée ?

— Beaucoup.

— Ne t'inquiète pas. Nous irons nous coucher tôt.

La joie, meilleure après le désordre de la tempête, réunit de nouveau toute la famille. Au salon, les deux époux ne traînèrent pas longtemps. Mère Adèle, flanquée de l'oncle Alcide, qui portait le bougeoir, les accompagna dans leur chambre... Et bientôt, Mathilde, insensiblement s'endormit entre les bras de Sébastien, sur sa poitrine aussi massive qu'un oreiller.

X

Pierre, depuis un mois, n'avait pas revu sa compagne. Bien qu'il connût son adresse, il hésitait à descendre chez elle, par timidité autant que par prudence. Un matin, il partit pour Saint-Mandé, où M. Jaume le réclamait obstinément. Lorsqu'il parut, à la lisière du bois, contre la grille du petit pavillon M. Jaume avec enthousiasme s'écria :

— Enfin !... Qu'est-ce donc qui t'a décidé à venir ?

— Je crains que mes aptitudes ne répondent pas au travail que vous souhaitiez de moi.

— Ne mens pas !... Ce qui t'a décidé, c'est que tu t'imagines que, grâce à moi, tu te rapprocheras facilement de ta payse. Bon ! Bon !... N'importe. Je n'ai peur de personne. Mais, si tu tiens à gagner de l'argent, il faut que tu me serves... Ta payse a un béguin pour un maçon : c'est ridicule...

— Vous me promettez de faire ma fortune ?...

— Pardon. Il faut d'abord que je passe ma fantaisie.

A ces mots, Pierre blêmit de dégoût, serra les poings.

— Tu te fâches ? goguenarda M. Jaume. Vois-tu, le monde est ainsi fabriqué que tout, même l'honneur, s'y vend aux enchères. Mathilde, par exemple...

— Que dois-je faire ?

— Aujourd'hui, rien. Demain, je t'accompagnerai à Vincennes, où il s'agit, dans une des allées du bois, de surélever un pavillon d'un étage.

— Ma journée d'aujourd'hui est fichue.

— Non. Je te la paierai. Je vais l'inscrire...

M. Jaume, dans un coin de la salle à manger, s'installa à son bureau, et, sur un livre énorme, il inscrivit des notes, tandis que Pierre, debout, chapeau bas, attendait. Il se releva, très satisfait de son ouvrage, et dit :

— Nous allons nous amuser. Puisque Mathilde t'écoute, tu me l'amèneras ici.

— Moi... Elle !...

— Ah !... Je tiens mes conditions. Il te faut tenir les tiennes.

— Entendu !...

Pierre s'en retourna, une ombre au cœur, se promettant de duper le riche de Saint-Mandé aussi lestement qu'avec l'intelligence de Mathilde il dupait les autres.

M. Jaume, selon son habitude, ferma la porte de la grille à double tour. Puis, en se frottant les mains de plaisir, il remonta chez lui, pour descendre de l'autre côté arroser son jardin. A peine adaptait-il la manche de caoutchouc à la bouche de la fontaine, qu'un carillon terrible agita le silence. Sa cloche !... Il la reconnaissait à sa voix argentine, entre les cloches aux sons si différents du voisinage. En bras de chemise, pataud, il courut ouvrir.

O stupeur ! Mme Mathilde Lampéric, en compagnie de M. Léon Baudois, appuyait son front clair aux barreaux de la grille, et riait, riait, comme une demoiselle en romanesque aventure. Tous les deux venaient, chacun représentant une moitié de l'association du boulevard Poissonnière, flatter M. Jaume dans sa maison.

Le magasin de vins ne marchait pas fort. Par leur ostentation de luxe, Baudois et Lampéric avaient ému ces badauds que sont les Parisiens. Mais il fallait, pour les pousser dans la boutique, les fouetter avec de la réclame, qui malheureusement coûtait trop cher. M. Jaume, malgré ses promesses réitérées, n'avait encore rien sorti de son magot. Que risquait-on de le sonder, une fois pour toutes, en ses intentions véritables ? Pour mieux le séduire, Sébastien, qui avait honte parfois de la petitesse de sa taille, lui

vait mandé son beau parleur de Léon et sa sémillante Mathilde.

Rien que d'apercevoir Mathilde aux barreaux de sa grille, M. Jaume frissonnait de contentement. Ce fut avec effusion que, la porte ouverte, il lui tendit la main. Certes, la présence de M. Léon le gênait. Seulement, qui diable savait si l'associé lui-même ne courtisait pas Mathilde ?

— Entrez donc !... s'écria-t-il. Oh ! quelle surprise !...

— Pardon de nous présenter si matin, répondit Léon. Nous vous apportons une bonne nouvelle.

M. Jaume, parce que Mathilde était devenue une dame d'importance, introduisit ses visiteurs dans le salon. De vieux meubles, un tapis, des bibelots ornaient la pièce avec une élégance qui étonna. Souriant de bonhomie, il servit du vin dans des verres de cristal. Tandis que Mathilde seule sur le canapé, pépiait à propos des vertus bienfaisantes de la campagne, en été, les deux hommes, assis en de larges fauteuils, s'extasiaient devant la vivacité de sa personne charnue et souple, aux dents aiguës, aux joues fermes trouées parfois de fossettes. M. Jaume, cependant, soufflait du poids de sa corpulence, les mains au ventre, lorsqu'il voulait penser. Pourquoi venait-on le déranger, chez lui ? Était-ce pour l'agrément de sa société ? Il se défendait un peu des minauderies de la femme, lorsque, soudain, elle rompit la conversation banale, et, après un claquement de sa langue, repartit :

— Nous venons, monsieur Jaume, vous inviter officiellement à notre dîner de gala... Vous vous souvenez ?

— Moi !

— Nous pendrons la crémaillère, rue Chauchat, et nous célébrerons aussi la fondation du magasin.

— Ah ! oui, je me souviens.

Tandis que M. Jaume observait Mathilde avec méfiance, Léon, hautain chevalier de la dame, insista :

— Nous avons cru que cela vous ferait plaisir.

— Certainement !

— Vous savez, on dînera sans façon.

— Je le pense bien. Car moi je n'ai guère l'usage du monde.

— Ni moi !... riposta Mathilde. Mais ça se prend vite !

Dans un accès d'hilarité, elle se renversa sur le canapé, si fort qu'on aperçut, le temps d'un éclair, ses bas de soie noire.

M. Jaume se mit à rire, et Léon de même, sans retenue.

— Donc, à samedi soir ?

— Oui, madame.

Elle se dressa d'un saut, planta sur le tapis son ombrelle, ainsi qu'une épée, en un geste de vaillance. Elle ordonnait le départ à son cavalier, lorsque M. Jaume les rappela :

— Venez voir mon enclos.

Pour le flatter, on descendit dans le jardin. Il le soignait mieux que son corps : pratique même dans ses distractions, il l'obligeait à produire des fruits, presque pas de fleurs. Les petits arbres s'alignaient sagement au soleil, nettoyés chaque jour de leur vermine, vêtus de feuillages qui miroitaient comme des blouses neuves d'écoliers. Parmi ces verdures, dans le bourdonnement des guêpes et la chanson des oiseaux, Léon retrouvait une image des jardins qu'il avait aimés jadis, autour de Nézignan-l'Évêque. Il se divertit puérilement, au fond de l'enclos, d'admirer les poules dans un poulailler très propre. Mathilde, au contraire, se lassait vite des choses de la nature, quand elles se présentaient trop bien peignées, avec des airs de dimanche. Elle s'était éloignée vers une plante sauvage, dont la fleur de sang, à l'ample calice épanoui, s'ouvrait sur une tige altière. M. Jaume s'approcha d'elle et, feignant de lui expliquer l'histoire de cette plante, qui était le joyau de son jardin, il lui glissa dans l'oreille :

— Pierre était chez moi plus matin que vous...

— Pierre !... Aujourd'hui ?...

— Oui, tout seul. Vous avez failli le rencontrer.

— Que faisait-il ici ?

— Il vous le dira, s'il est honnête et intelligent.

— Pierre... Pierre...

— Il vous aime toujours, comme moi !...

— Taisez-vous. Voici M. Léon !...

Celui-ci s'approchait, en caressant sa barbe. Mathilde affecta aussitôt, si habile à dissimuler, sa gentillesse de jeune épouse.

— Nous partons, monsieur Baudois ?

— A vos ordres, madame.

— Eh bien, monsieur Jaume, à samedi !... Nous serons heureux...

— Et moi, madame !...

Elle se sauvait avec une répulsion involontaire du logis de ce vieux, qui fermait la marche, à demi voûté par sa corpulence, par l'effort de chercher des politesses qu'il ne trouvait pas.

Sur la porte, il craignit, devant la hâte de Mathilde, de l'avoir fâchée par cette évocation intempestive de Pierre. Ce fut avec insistance, même en saluant Léon, qu'il garda sa main glacée entre les siennes, énormes et chaudes.

— Comptez sur moi, lui dit-il. Oui, pour tout !...

Les deux visiteurs s'échappèrent. Il ne put, dans sa jalousie, les regarder longtemps par l'allée déserte, si unis, bras à bras. Mathilde marchait rapidement, sans parler. Le souci d'amour, à la vision de Pierre, l'avait reprise.

— Promenons-nous dans le bois, proposa Léon. Nous avons le temps.

— Volontiers, répondit-elle.

Ils pénétrèrent dans le bois par la route large du Polygone, où passaient des officiers à cheval, des bicyclistes, et, là-bas, une lourde voiture de déménagement. Dans le silence des buissons et des futaies, à l'âcre odeur de l'humus, ils éprouvèrent une émotion de vie libre, rajeunie, de joie sensuelle, qui, sans les confondre, gardait en chacun d'eux encore de la pureté, comme le ciel sur les feuillages. Léon, sans qu'elle parût s'en rendre compte, la conduisit brusquement, par une allée étroite, au cœur du bois. Il la serrait avec plus de force contre lui. Il semblait à Mathilde que c'était Pierre qui allait l'embrasser.

— Si on pouvait, Mathilde, dit Léon tout bas, s'asseoir sur l'herbe...

— Marchons ! répondit-elle, en détournant les yeux.

— Il n'y a personne.

— La Marne !... Je voudrais voir la Marne, les coteaux de Champigny... Où est-elle ?

— Là, devant nous !

Il la soulevait un peu, dans leur élan léger. Elle allait, pourtant, d'un pied hardi, avec une volupté de mouvoir son corps dans du soleil et des ombrages, au souffle du grand espace qui lui frappait les joues et s'insinuait jusque sur sa poitrine plus fraîche. Ils s'engagèrent, le long du Polygone, derrière les buttes du tir militaire, dans une allée touffue, presque sauvage. Le silence y tombait si profond, qu'ils n'entendaient plus rien que le bruit rythmé de leurs pas.

— Etes-vous fatiguée ? demanda-t-il.

— Non !... Quelle ivresse de marcher ainsi tout droit, sans les obstacles des voitures et de la foule, et de se purifier les yeux de la vue de tant d'hommes laids !

— Ils ne vous plaisent donc pas tous ?

— Vous en doutiez ?

— Ma foi, non.

Il se penchait sur son épaule, essayait avec un frémissement simulé de pudeur d'enlacer victorieusement sa taille. Loin de le repousser, elle retrouvait à son contact la caresse de Pierre, une caresse plus délicate, et, lui pressant le bras contre son sein, elle dit :

— La Marne !... Où est-elle ?

— Bientôt.

Il l'arrêta soudain et, d'une bouche furtive, il lui baisa le front. Elle le regarda, surprise d'une familiarité si courageuse. Mais, riant avec ironie, elle l'entraîna dans l'allée presque sombre, sans qu'il eût délié son étreinte.

— Etes-vous étonnée qu'on vous trouve belle ?

— Non.

— Etes-vous offensée qu'on vous le dise ?

— Peut-être.

De nouveau, sans s'arrêter, il la baisa, mais sur la joue, d'une bouche plus sûre.

— Assez !... cria-t-elle. Il me tarde de sortir de ce bois.

— Je voudrais qu'il durât l'éternité.

— Rien n'est éternel.

— L'amour dans le mariage est pourtant fixé pour une éternité.

— Peut-être.

— Vous répondez invariablement : peut-être. Mais vos sentiments, soit que vous aimiez, soit que vous haïssiez...

— C'est moi que j'aime. Je prends la joie où je peux.

Entre les arbres clairsemés, luisait enfin un vaste panorama de terre et de ciel. Mathilde éclata de rire, plus désirable en l'exubérance de ses formes qui s'agitèrent.

Au bord d'une route blonde, sur un gazon, ils ralentirent leur marche. Sans mot dire, elle s'arrêta ; et auprès d'elle, son cavalier docile. Au-dessous d'eux, la plaine immense, où la Marne décrit paresseusement sa boucle dorée, s'épanouissait avec une majesté gracieuse, bourdonnante de cités, de jardins et de bois. Le coteau de Champigny s'élevait au loin, parmi des vergers et des vignes, dans la lumière, plus doux ce matin que le dimanche de fête, dont elle avait, pour l'enchantement de ses yeux et pour les rêves de son cœur, emporté l'image. Droite, les mains appuyées sur le manche de l'ombrelle, sans bouger, elle contemplait ces chemins déserts à cette heure, ce paysage isolé, là-bas, qui lui semblait sacré, parce qu'elle y avait eu peur d'aimer, entre les bras de Pierre. Et toute la beauté riante de la terre, et toute la clarté sereine du ciel, venaient à elle, pour ajouter aux vertus de son corps leur poésie.

— Que cherchez-vous, là-bas ? lui demanda Léon.

— Rien !... Venez !...

Il la pressa vainement de questions. Elle lui parut, dans le mystère de son être, plus redoutable et précieuse. Au Café de Gravelle, sur le sommet du plateau, ils se reposèrent. Elle se tournait constamment vers la plaine, vers le coteau lointain que son souvenir et son espérance paraient d'une paix divine. Si Léon l'effleurait des mains ou des pieds, elle ne reculait point. Car le désir de cet homme répondait maintenant à l'anxiété qui dévorait sa chair.

— Rentrons, dit-il. Nous arriverions à Paris trop tard. Il ne faut pas qu'on vous soupçonne de...

— C'est vrai. Partons !...

Ils s'en allèrent, calmes en apparence, à la rencontre du tram, sur la route de Joinville. Mais, dans un bosquet, Léon s'empara de sa compagne avec brutalité et la baisa sur les joues. Au lieu de se défendre, elle s'abandonnait, dans une sorte de vertige. Il connut une félicité si nouvelle, que tout courage désormais lui manqua.

Le tram sonnait de sa corne rauque. Ils durent courir, pour le joindre. Devant le monde, ils échangèrent un sourire de malice, comme des époux en promenade.

Bien tard, vers une heure, Léon ramena Mathilde chez elle. On les gronda, surtout Berthe, qui s'invita elle-même à déjeuner, ainsi que son mari. A table, Berthe osa, sous prétexte de plaisanter un peu, flanquer Léon de mère Adèle et de sa propre personne. Ainsi emprisonné, il ne pourrait rien tenter d'amoureux contre Mathilde. Mais tous les deux, en racontant leur visite chez M. Jaume, bourgeois solitaire indigne de ses rentes, s'épiaient en dessous avec une espièglerie coquine ; et Berthe, agitée par la colère, eut à plusieurs reprises la velléité de leur jeter à la face son mépris. Elle se contint, par politesse moins que par intérêt, pour ne pas troubler dans sa sécurité mère Adèle, ni dans son imprévoyance le débonnaire Sébastien, qui, béatement, se divertissait des facéties de son épouse. Elle se contracta sur la chaise, plus petite et plus maigre, son visage de pomme rainette plus parcheminé d'un réseau de rides. Léon s'inquiéta de lui voir cette moue tenace. Il s'ingénia, non sans précaution, à l'attendrir. Elle le rabroua d'abord d'un coup d'épaule. Puis, comme il insistait, au point de lui chercher les jambes sous la table, elle le repoussa d'une ruade, qui le fit pâlir de douleur. Alors, craignant le danger de quelque bataille, il voulut, après le café, déguerpir. Mathilde, toujours adorable en ses ruses, embrassa Berthe largement. Celle-ci, d'ailleurs, paraissait lui demander la paix. Les Baudois partirent.

Ils n'avaient pas fait dix pas dans la rue que Berthe, tirant son mari par la manche, maugréa :

— Cette femme se moque de nous !

— Hein !... De qui parles-tu ?

— De Mme Lampéric.

— Ne crie pas si fort.

— Peu m'importe !

— Ah ! pas à moi.

— Pourquoi pas à toi ?... Tu avoues donc que vous avez des secrets ensemble !

— Ne sois pas si naïve !... Tu ne tiens pas à briser notre association ?

— Je m'en fiche. Je briserai tout, moi, ton commerce, ton amitié avec ces Lampéric, notre séjour à Paris, si tu continues...

— Tu quitterais seule Paris. Moi, je reste.

— Je sais pourquoi... Eh bien, si tu me trompes !... Oh ! je ne dis pas que tu aies succombé dans l'abîme du péché, mais tu es là, sur le bord... Et, si tu continues, je te tromperai à mon tour.

— Toi... Pfou !... Oh ! que c'est drôle !...

Au grand désappointement de sa femme, Léon ne cessa de rire tout le long de la rue Drouot, jusqu'au boulevard, où ils naviguèrent plus à l'aise. Elle se suspendit à son bras, et, marchant à menus pas saccadés, elle lui répéta d'une voix revêche qu'enrouait le courroux :

— Pourquoi ris-tu ?

— Je ris de tes menaces... Toi me tromper ! Comment t'y prendrais-tu ?

— Comme les autres femmes.

— Avec qui ?

— N'importe qui.

— Ah ! bon... Tu ne choisiras pas... Autrement, un bel homme ne voudra jamais de toi.

— Est-ce que je suis trop laide, par hasard ?

Une angoisse si cruelle la serrait à la gorge, qu'elle dut s'arrêter au milieu du trottoir. Léon vit ses lèvres pâles trembler de douleur, et luire dans leurs orbites creuses ses yeux blancs de méchanceté. Comprenant qu'il l'avait offensée dans son honneur de femme, il lui tendit la main timidement, avec un air de contrition :

— Viens avec moi au magasin...

— Non ! Je ne veux pas de ta pitié. Ah ! puisque tu veux succomber dans l'abîme de l'adultère, moi aussi, n'aie pas peur !...

Après un geste de bravade, Berthe s'éloigna sur le boulevard, bientôt perdue dans les remous de la foule. Léon dut jouer des coudes, pour se dépêtrer d'un tas de badauds, qui déjà l'interrogeaient sur les motifs de sa querelle.

XI

E samedi soir, ainsi qu'il avait été convenu, les Lampéric offraient chez eux leur dîner de gala. On avait exhibé sur la table le cristal, l'or et l'argent, tous les trésors du buffet, les cuillers et les fourchettes de toutes les dimensions et de toutes les espèces, tridents pour les huîtres et palettes pour les babas. Des lampes partout brûlaient, des bougies et des flambeaux, une véritable illumination de théâtre.

Le premier des invités qui se présenta, ce fut, à six heures précises, Pierre Virazel, le maçon. Mathilde, pour se prouver à elle-même sa toute-puissance et pour briller aux yeux de Pierre en son rôle de mondaine, avait voulu, par une sorte de défi, introduire dans son foyer, en face de son époux, l'homme qui possédait son véritable amour. Pierre, parmi du si beau monde, sur le seuil du boudoir parfumé, s'embarrassa dans des salutations. Il parut plus gauche. Prisonnier chez des riches, il redouta quelque piège de Mathilde. Il s'était endimanché autant qu'il avait pu et, dans son costume noir de cérémonie, il semblait un peu triste chaque fois que Mathilde, en présence de mère Adèle et de l'oncle Alcide, lui parlait de leur province ; il tressaillait d'une tendresse craintive, en son âme d'enfant. Afin de le délivrer de la chaleur troublante de ses yeux, elle s'en fut dans sa chambre, où il était temps d'ailleurs qu'elle entreprît sa toilette.

Mère Adèle, qu'on avait pomponnée comme une châsse, avec des chaînes d'or, des boucles d'oreilles, des dentelles sur les cheveux et sur la robe de moire noire, questionna gentiment Pierre :

— Eh bien, jeune homme, cette vie de Paris ne vous fatigue pas ?

— Non, madame, répondit-il franchement. Je travaille : alors, que ce soit ici ou en province !...

— Vous êtes content, je pense, du bonheur de votre amie ?

— Très content, madame.

— Elle a bien fait de vous inviter. Au moins, elle ne renie pas son origine, ses premières amitiés.

— Elle a toujours été si bonne !

— Il faut venir la voir de temps en temps. Elle reçoit si peu de nouvelles de sa famille !

— Pardon ! protesta l'oncle. Est-ce que nous ne sommes pas maintenant la famille de Mathilde ?

A cette voix méchante, Pierre, étonné, leva la tête. Il observa ce vieux si bien conservé dans sa carcasse osseuse, et, par sa jalousie de paria, il eut le pressentiment que l'oncle, remué par la dernière sève de l'âge, songeait à cette heure, autant que lui-même, à la chair désirable de Mathilde.

Pierre, habitué aux longs silences, ne souffrit pas beaucoup de la mélancolie d'attendre. On n'échangea plus avec lui que de rares paroles. Ce fut par bribes qu'on lui arracha, mère Adèle d'une voix mielleuse, l'oncle sur un ton d'amertume, le récit de son travail, ses espoirs de petite fortune, en construisant des pavillons pour le compte de M. Jaume. Ah ! celui-là !... Quel brave bourgeois !... Sans savoir pourquoi, ou plutôt Pierre se gardait bien de le dire, cet ancien entrepreneur l'avait pris sous sa protection. Pierre, à la vérité, n'avait encore bâti qu'une maisonnette à Alfort, sur le bord de la Marne. Mais, se plaisant, ainsi que tous les hommes, à se griser d'illusions, il s'efforçait de croire aux promesses de son patron.

— Vous le verrez tout à l'heure, repartit mère Adèle.

— Ah !...

— Nous souhaitons qu'il devienne un ami de la maison. Avec lui, il n'y a rien à perdre : au contraire. Il est seul, il doit se chercher une famille.

— Ça se comprend !... conclut Pierre, qui, une main sur la bouche, comprimait une grimace d'ennui.

La sonnette tinta, d'un coup sec, autoritaire. C'était M. Jaume, rasé de frais, élargi davantage par sa redingote à vastes pans et son pantalon noir à culotte bouffante. Il suivit gaîment, avec des révérences, l'oncle qui l'amenait dans le boudoir. Dès le seuil, il eut un haut-le-corps, à la vue de Pierre, qui s'étant, par un instinct de respect, mis debout aussitôt, lui cachait mère Adèle dans son fauteuil.

— Toi !... bourdonna-t-il. Qu'est-ce que tu fais ici ?...

— Je suis invité.

— C'est bon !... Rigolo tout de même !...

Il reprit son assurance pour saluer Mme Lampéric, la mère, et s'asseoir auprès d'elle, dans un fauteuil. Il soufflait encore, gêné par le carcan de son faux col. En secouant ses bras massifs, il parla des dîners qu'autrefois il offrait à sa clientèle, lorsqu'il était dans la bâtisse. Puis, d'une exubérance croissante, il parla du commerce de vins qu'on pousserait ferme, à coups de billets de banque, en faveur de ses amis Lampéric et Baudois.

— On n'a jamais su m'apprécier, déclara-t-il. Quand on a confiance en moi, je suis bon comme le pain. D'abord, il faut faire rendre à l'argent tout ce qu'il a dans le ventre. Le papier, les actions des sociétés financières, ça ne vaut rien, ou presque. Si ça rapporte beaucoup un jour, c'est que ça va crouler... Il n'y a de sérieux que le commerce et l'industrie, le travail !...

Il épiait du coin de l'œil, à chaque phrase, le maçon qui avait parfois envie de rire : le sourcil dur, il le maudissait d'avoir accepté l'invitation d'une femme qui se souvenait trop de sa première poussière. L'oncle, flegmatique, les doigts aux poches du gilet, célébrait résolument, à son tour, afin de réfuter les théories de M. Jaume, la sécurité de ses rentes, lorsque, en un brouhaha de rires, la porte s'ouvrit. Sébastien arrivait, escorté des époux Baudois, tous deux en habits de soirée : Berthe froufroutant en sa robe mauve, le col échancré sur la gorge parmi des dentelles ; Léon avec sa queue-de-morue, et frais comme la neige, sa barbe en éventail. Le boudoir, ainsi qu'une volière, s'emplit de caquetages. Tandis qu'on se casait à la bonne franquette, Sébastien se retira. Il revint bientôt, plus trapu, en smoking, le visage congestionné.

— Ah çà !... lui demanda M. Jaume, et Mme Sébastien ?... On ne peut pas la voir ?

— Elle s'apprête.

Tous en chœur, sauf Berthe, plaisantèrent la maladresse des femmes jeunes, qui souvent gâtent leurs charmes naturels par un excès de coquetterie. Les Baudois, depuis le jour de leur querelle dans la rue, vivaient en état d'hostilité : chez eux, ils couchaient dans deux chambres, que tout l'appartement séparait, et, devant leurs domestiques, n'échangeaient que les mots essentiels au ménage, ce qui ne les empêchait pas, selon la coutume, de se faire joli visage devant le monde.

Mathilde apparut, fière de sa beauté. Un frémissement d'admiration l'accueillit. Berthe, secouée d'un rire étrange, lui tendit la main ; mère Adèle lui ouvrit ses bras avec tendresse. Mathilde portait une robe de mousseline blanche, où son corps serré à la taille se mouvait à l'aise. Son cou était nu, d'une chair potelée, étincelant de fossettes à la moindre sensation, et le corsage découvrait aussi la gorge rose, les deux seins un peu, qu'on devinait plantés drus, abondants, sous l'étoffe étroitement tirée. En se donnant aux bras radieux de mère Adèle, elle s'inclina : M. Jaume, alors, reçut dans les yeux la caresse des blonds cheveux, de la peau rougissante qui avait encore la fraîcheur de l'eau et des parfums. Mathilde n'avait jamais cessé d'entourer d'affection la mère de Sébastien ; avec son besoin d'aimer, de faire dans sa vie une part d'innocence, elle se réjouissait de lui offrir, dans le foyer honnête, ses sentiments filiaux de reconnaissance, et de purifier auprès d'elle son âme des fautes que son corps, fatalement, hors du ménage, devait commettre. Mère Adèle, de son côté, chérissait Mathilde ; pourtant, elle redoutait, en sa circonspection de provinciale ombrageuse, que cette enfant, mal élevée parmi le désordre d'une maison de pauvres, ne subît de plus en plus l'attrait pernicieux de l'argent.

On causait des commerces de Paris, des récoltes du Languedoc, lorsqu'un maître d'hôtel, lent et majestueux, annonça que Madame était servie. Mathilde, sans hésitation, offrit son bras à M. Jaume, qui, aussitôt debout, se rengorgea. Sébastien, avec une révérence profonde, cueillit Mme Baudois sur son fauteuil. Et Léon, quoique désappointé, amena noblement mère Adèle. Pierre suivit tout ce monde, en balançant les bras ; puis, à distance, l'oncle Alcide, bourru.

A table, Mathilde rayonna de toutes ses grâces, au milieu de ses adorateurs. Dès le potage, la conversation s'anima pour louer les promenades de Paris, la banlieue, qui est si surprenante de rusticité, des poésies de la terre et de l'eau, auxquelles d'ailleurs pas un des convives, sauf Pierre et Mathilde une fois, n'avait jamais goûté. On concerta d'aller tous ensemble, un dimanche, se tremper au soleil, dans la verdure des prés et des bois, aussi loin de la foule que possible.

Pierre, dans le bien-être du festin, s'affranchissait peu à peu de ses timidités. Il coupait son pain à larges tranches, avec le plus grand de ses couteaux ; il buvait à pleines rasades les vins divers qu'on lui servait.

Les Baudois, à leur dîner de gala, n'avaient eu qu'un maître d'hôtel ; les Lampéric, ce soir, en avaient deux, habillés de rouge. La bonne servait dans une robe rose à bavette brodée : si Pierre craignait les mains gantées des deux maîtres d'hôtel, il frémissait de plaisir, chaque fois que la bonne s'approchait de lui avec ses bras robustes, sa taille dégourdie, fille d'un maçon peut-être. Mathilde remarqua sa rougeur, ses gestes sournois de convoitise ; alors, parmi ces bourgeois prétentieux qui n'excitaient que son dédain, elle connut pour la première fois la jalousie dans son amour.

— Pierre, cria-t-elle hardiment, à quoi penses-tu ?

— Mais... à rien !

— Tant mieux !...

On se mit à rire avec fracas, M. Jaume plus fort que les autres, en se gaussant de Pierre. Au dessert, Sébastien voulut lui-même déboucher le champagne et le servir. Il se mit debout, bien à l'aise, tandis que Berthe, dans son ombre, observait ardemment tous ces hommes qui, se trompant les uns les autres, fermentaient de concupiscence, dans l'ivresse du festin.

Un bouchon avait sauté, en brusque pétarade. Tous les convives, pêle-mêle, présentaient leurs coupes. Léon, en se levant, s'appuya sur l'épaule de Mathilde. Comme celle-ci se dérobait aux longs poils de sa barbe, il feignit de croire qu'elle perdait l'équilibre ; il voulut la soutenir.

— Assez !... Assez !... s'exclama Berthe.

On cessa de rire. On regarda, non sans stupeur, Mme Baudois qui essayait de sourire.

— Je craignais, dit-elle, que mon cavalier ne me versât trop de champagne.

— Jamais trop !... répliqua celui-ci.

Léon profita du silence pour boire à la santé de la famille Lampéric, et d'abord de la mère Adèle. L'oncle se disposait, dans une légère quinte de toux, à remercier, lorsque M. Jaume se dressa, la coupe en main :

— Je bois, dit-il, à l'amitié de nous tous. Je jure que, si vous avez jamais besoin de moi, vous savez, dans la mesure de mes moyens, je suis votre serviteur !...

Il s'inclina vers Mathilde, et lui montrant sa coupe pleine, en un geste d'offrande, il lui sourit des yeux. Mathilde leva sa coupe avec un bonté pareille, et répondit :

— Que M. Jaume soit toujours le bienvenu ici !...

Tous les convives frappèrent des mains. Pierre, entraîné par l'allégresse de ces bourgeois, guettait davantage, sans retenue, la jolie bonne, toujours sérieuse, mieux vêtue que lui dans son linge à la mode.

On passa au salon. Là, familiers, les hommes rivalisèrent d'esprit autour de Mathilde, laquelle les éblouissait ingénument de sa beauté et de sa joie. Mère Adèle se reposa dans son fauteuil ; puis, auprès d'elle, Berthe, qui souffrait de son cœur davantage.

Mère Adèle, sans arrière-pensée, interrogea sa voisine :

— Vous n'êtes pas aussi contente que nos amis, on dirait ? Ils se fatiguent.

— Tant pis pour eux !

— Ah ! ce Paris !... On y vit dans des illusions, que je n'admets pas encore. Alcide se réjouit de ces noces plus que moi. Regardez-le, là-bas, dans son coin, la tête basse. Il est content, lui.

— Eh bien, pas moi !...

— Pourtant, vous êtes jeune.

— Peut-être pas assez pour mon mari.

— Hein !... Votre mari ?

— Je ne sais pas m'amuser, moi, comme votre Mathilde.

— La belle enfant !... Il faut lui pardonner. Son éducation, l'habitude de son pays...

— J'ai une autre éducation, moi.

La bonne avait servi le café, sur un plateau. Léon, se reprochant enfin ses négligences envers son épouse, lui présenta une tasse avec galanterie. Elle le repoussa :

— Je n'ai besoin de rien.

— Tu boudes ?

— Il y a longtemps ! Mais tu es si occupé ailleurs que tu ne t'en es pas aperçu. Ah ! tu ne t'es pas corrigé... au contraire !... Tiens, tu brûles comme un brasier.

Elle lui pressait les mains. Il se recula :

— C'est de l'enfantillage, Berthe...

— C'est de la monstruosité, tu veux dire... Je ne t'aime plus. Laisse-moi !

Léon s'écartait, penaud. Mais la voix de Berthe avait retenti. Les hommes se retournèrent, Sébastien s'empressa au secours :

— Berthe, qu'avez-vous ?... Un malaise ?...

— Si vous ne comprenez rien, vous, moi je comprends !... Et, tellement que je m'en vais. Oui, je m'en vais !...

— Oh ! mon Dieu !... Quelle magnifique soirée nous allons gâcher !...

— Ma femme est folle !... s'écria Léon. Quand je vous le disais !...

Cependant, les hommes, en désarroi, arrêtaient la fugitive, se pendaient à ses trousses. Malgré leurs supplications, elle eut l'énergie de s'échapper. Sans chapeau, sans manteau, elle descendait précipitamment l'ample escalier, que la concierge, à cause de la fête des Lampéric, avait inondé de lumières.

Durant la longue bataille, mère Adèle était restée seule à gémir, sur son fauteuil. Si tout le monde avait perdu la raison, Mathilde, échauffée par les fumées du festin, avait éprouvé le désir d'augmenter le bonheur de son corps. Auprès d'elle, en retrait de la porte, elle avait vu Pierrot, indifférent de même aux misères d'autrui, s'avancer d'un pas timide, et la prier des yeux, de la bouche, avec patience. D'un saut, elle se jeta sur lui, comme sur une proie, l'étreignit sauvagement sur sa poitrine... Et pin !... pan !... ils s'embrassèrent avec rage, en regrettant de ne pouvoir mieux se divertir, parmi les tentures où ils se croyaient cachés.

Un autre convive, dans le tumulte de la bataille, n'avait pas perdu la raison. C'était l'oncle Alcide, trop vieux pour n'être pas insensible aux maux de son prochain. Il s'avança gravement vers la porte, étendit les bras dans les tentures, sur Mathilde, qui se démenait contre Pierre. Elle se détourna, gentille, pour reprendre haleine. A la vue du vieux moricaud, qui se gonflait de menace, elle s'indigna :

— Quoi !... qu'est-ce que vous réclamez, vous !... Allez, ouste !...

L'oncle, sous le mépris de la femme étrange qu'il convoitait, malgré lui, baissa les yeux et, docile, s'éloigna dans son coin. M. Jaume et les deux associés rentraient au salon, sincèrement peinés de leur impuissance. Mathilde, maintenant, consolait mère Adèle, qui pleurait comme une enfant. Celle-ci ôta son mouchoir du visage pour demander :

— Où est passée Berthe ?

— Nous ne savons pas, répondit Sébastien.

— Qu'a-t-elle donc ?

— Des choses qu'elle s'imagine!... maugréa Léon. Elle est folle. Je l'enfermerai dans un asile.

— Oh! non... Il ne faut pas.

— Elle doit être malade, soupira Mathilde.

L'oncle, les mains derrière le dos, regardait fixement, avec une terreur mêlée d'admiration, Mathilde qui portait en sa beauté divine les ténèbres du péché.

On ne songea plus à rire. Léon partit le premier, le chapeau et le manteau de Berthe sur un bras. Pierre suivit M. Jaume : Pierre, si sage, et qui dut promettre de revenir rue Chauchat, tandis que M. Jaume promit, avant toute invitation, de revenir le surlendemain, au plus tard, s'informer de la santé de Mme Baudois.

Les portes closes, tout bas, les Lampéric s'ingénièrent à découvrir quels motifs de guerre intestine, le manque d'argent peut-être, séparaient Léon de son épouse.

— Ce serait une catastrophe pour notre association, opina Sébastien.

— On remplacerait M. Baudois par M. Jaume, déclara tranquillement Mathilde.

— Oh! toi, tu arranges vite les choses!

— Moi!... J'arrange!...

Mathilde, ébahie de la résistance de son époux, ne trouva plus sa pensée. Il allait et venait, de la porte à la cheminée, près de sa mère, avec une agitation qui faisait flotter le smoking sur sa croupe puissante. Mathilde se garda bien de l'interroger.

Mais, de lui-même, dans un élan de franchise et d'ennui, il s'expliqua :

— Tout cela me chagrine. Car, si jamais nous croulions, il me faudrait retourner en Languedoc, et tu ne voudrais pas m'y suivre.

— Qui te l'a dit ?

— Quoi! Tu m'y suivrais?... Enfin, nous n'en sommes pas là.

— Tant mieux. Mais on dirait que tu en as contre moi ?

— Voyons : cette fugue nouvelle de Mme Baudois!... Ne serait-ce point par jalousie que...?

— Jalousie de quoi?... de qui?...

— De toi ?

— Je ne comprends pas.

Sébastien, une main sur la bouche, épiait avec ses petits yeux naïfs et courroucés Mathilde qui, debout contre lui, ne bougeait pas davantage. Il la vit une fois de plus si charmante en sa chair de feu, qu'il frissonna, contre son gré d'abord, de son orgueil de la posséder en maître. Et la pensée du malheur se dissipa, pour lui, dans sa passion d'amour.

— Après tout, dit-il, tu as raison!... Léon est trop honnête... Tu n'es pas responsable de leurs sottises.

— Il me semble.

— Allons, calme-toi.

Mère Adèle pleurait toujours, dans son fauteuil. Le soupçon du péché l'avait effleurée aussi de son ombre et, trop faible pour s'en délivrer complètement, elle se lamenta :

— Voilà que vous-mêmes, mes enfants, vous vous disputez... J'aime mieux retourner chez moi.

— Mais non, ma mère. On se dispute pour les autres, par bonté. N'est-ce pas, Mathilde ?

— Certainement!... Qu'ils restent chez eux!...

— Non!... s'exaspéra mère Adèle. Il faut trop d'argent dans ce Paris!

L'oncle Alcide, qui trempait un morceau de sucre dans du cognac, bourdonna :

— Moi, je ne pars plus. On s'amuse à Paris. C'est à Paris que je mourrai.

— Oh! quel frère le bon Dieu m'a donné!...

Il ricana, d'un cynisme amer. Puis, avec une sorte de défi, il regarda la jeune femme, qui doucement baissa les yeux.

XII

Cet après-midi, un plus grand nombre de badauds que d'ordinaire se pressait devant le magasin Baudois-Lampéric : Léon n'avait-il pas imaginé une réclame, qu'il croyait infaillible, parce qu'elle risquait le ridicule ?

En face du magasin, contre le trottoir, une voiture stationnait, longue et légère, en forme de haquet, portant sur le siège et le long de ses ridelles, des grappes de raisins en cartons, blondes, noires, veloutées de poussière. Sur le siège doré, en forme de barrique, il n'y avait pour le moment que l'oncle Alcide qui, taciturne, tenait en mains les rênes de deux mules d'Espagne, harnachées de pampres et de sarments en laine ou en cuir de couleur terreuse. Les passants s'arrêtaient avec stupéfaction, en riant d'abord, en admirant ensuite l'ingéniosité de la trouvaille et le pittoresque de son exécution. Les agents durent disperser un moment la foule trop dense.

La risée des passants s'éleva si exubérante que, dans leur boutique, Léon et Sébastien s'émurent. Ils s'engagèrent, non sans peine, sur le trottoir. Mathilde, en cheveux, les accompagnait, par espièglerie. Son apparition apaisa les rumeurs du monde.

— Descends!... ordonna Sébastien à son oncle.

Celui-ci, aussi raide qu'une souche de vigne, répondit :

— Je ne descendrai jamais!

— Tu deviens idiot!... On rit de nous.

— Si le peuple rit, c'est qu'il est vaincu.

— Le conducteur attend. Il veut monter.

— Qu'il se case où il pourra!...

— Descends!...

Ni supplications ni menaces n'ébranlaient l'oncle Alcide. Mathilde intercéda en sa faveur :

— Laissons-le. Il a peut-être raison.

Sébastien, agacé, tourna sur elle son dépit :

— Tu encourages ce pitre, Mathilde?... Que se passe-t-il donc entre vous ?

— Que vas-tu me chanter!... Vous êtes tous toqués dans la famille!

— Merci!... Outrage-moi au milieu de la foule.

On ne prêtait plus attention, en effet, à l'oncle Alcide, mais aux deux époux en querelle, à la Flamande blonde dont la beauté rayonnait sur tous les visages, à l'homme trapu du Languedoc, si petit que, pour l'apercevoir, la plupart des badauds se haussaient sur la pointe des pieds. Léon souriait à l'écart, avec une satisfaction méchante. Pendant qu'ils se gourmandaient, Léon catéchisa si bien, avec tant de flatteries, l'oncle Alcide que celui-ci finit par descendre de son siège. Le conducteur aussitôt y monta, un vigneron des Cévennes, fluet, noiraud, qu'on avait revêtu du costume des travailleurs languedociens, veste et pantalon de toile rapiécés de partout, guêtres de drap. Et la voiture légère partit, avec des pétarades de fouet, des tintements joyeux de grelots. La foule, amusée, l'escorta bruyamment jusqu'à la rue Richelieu.

Tandis que l'oncle, pour éviter des reproches, s'enfuyait sur le boulevard, les deux associés et Mathilde rentrèrent au magasin. Devant ses employés, Sébastien sut contenir son humeur. Mais, d'un bloc pétulant, il pénétra le premier dans le cabinet directorial. Lorsque Mathilde, à la suite de Léon, y parut à son tour, il la saisit par les poignets, et si fort, si brusque, qu'elle ne songea pas d'abord à se détacher.

— Depuis quelque temps, cria-t-il, tu as des idées qui me déplaisent! Je vais te surveiller!...

— Serais-tu jaloux ?

— Peut-être.

— Et de qui, nigaud?... Est-ce que je ne te donne pas assez de preuves de mon amour?...

— Possible. Mais je te surveillerai!...

Comme, après l'avoir délivrée, il multipliait ses clameurs de désespoir et de menace, Léon intervint, très sage, sur un ton de maître :

— Calmez-vous!... Les employés apprendraient vos histoires.

— C'est vrai, acquiesça Sébastien. Il faut que je sois raisonnable. Mais, j'en ai par-dessus le dos, des paillardises de mon oncle, des lamentations de ma mère, des carnavalades de ma femme!...

Tandis qu'il frappait la table de tous les objets que sa main fiévreuse y rencontrait, Mathilde s'était assise sur le fauteuil, avec résignation. Pour sa tranquillité, il valait mieux, après tout, qu'elle s'humiliât. La colère, si imprévue, de Sébastien l'alarmait un peu. Son maintien de modestie, de contrition, émut bientôt, selon qu'elle l'avait pressenti, son petit homme essoufflé déjà, qui dit à leur camarade :

— Léon, tu devrais accompagner ma femme rue Chauchat.

— Volontiers! s'empressa Léon.

Mais Mathilde, en se levant, très calme, protestait :

— Je ne m'en retournerai qu'avec mon mari!...

— J'ai à travailler, Mathilde.

— Eh bien, je m'en retournerai seule!... Autrement, on dirait que tu n'as plus confiance en moi, Sébastien.

— Si, j'ai confiance. Seulement, pour une jolie femme, les boulevards sont parsemés d'embûches... Rappelle-toi notre première...

— Oui, je me rappelle... Je n'ai besoin de personne.

Sébastien s'était approché d'elle, sans la flatter d'une caresse, bien qu'il en eût envie, et Mathilde le sentait. Elle mit son chapeau avec soin, devant la glace, à gauche de la porte. Puis, ayant serré la main de Léon, qui se réjouissait d'une espérance infernale, elle s'avança vers Sébastien d'un pas doucereux, lui présenta son visage, qu'elle savait irrésistible. Sans hésiter, il lui baisa les joues d'une bouche tremblante.

Elle sortit, en agitant, comme par mégarde, sa robe, qui exhalait tant de parfums. Sébastien referma docilement la porte, puis, avec un air de dignité, reprit son fauteuil à la table de travail, en face de Léon. Ils examinèrent ensemble leurs livres, jusqu'au soir. Sébastien, d'ailleurs, s'adonnait bravement, avec sa conscience jeune, à la destinée de leur commune entreprise. Pendant quelques jours, d'autant plus assidu à la tâche qu'il voyait Mathilde ne sortir de sa maison qu'en compagnie de mère Adèle, il s'acharna à écrire des lettres, à surveiller ses courtiers à travers Paris, à rouler des barriques dans l'arrière-magasin. En récompense de son surmenage, il tomba malade.

Mathilde demeura passionnément à le soigner. Il en fut ravi. La joie de son cœur, mieux que tous les remèdes, lui rendit, au bout de huit jours, le goût de revivre. Dès qu'elle ne s'amusa plus à jouer son rôle de garde-malade, elle s'ennuya dans la pénombre de la chambre calfeutrée, auprès de mère Adèle, qui ne levait le nez de son ravaudage que pour lui vanter les beaux soleils du Languedoc. Sébastien, étendu sur une chaise longue, lisait des romans; elle cousait, en silence, cherchant à se plaire dans l'âme du foyer honnête. Hélas! son esprit s'échappait à la tendresse de sa famille, vagabondait au loin, dans des paysages libres, où l'on riait. Elle pensait à Pierre, à l'homme que Dieu avait fait robuste pour elle, et qui était si simple, même pour les choses de l'amour. Mais comment se fût-elle évadée, rien qu'un après-midi, de sa maison maussade? Sébastien devenait jaloux comme un tigre; par moments, dans l'intervalle de ses lectures, il lui prenait les mains à l'improviste, avec une frénésie d'avare; il la fixait de ses yeux ronds, qui faisaient peur.

Une fois, elle regardait par distraction les passants dans la rue, lorsque soudain elle aperçut sur le trottoir d'en face son Pierrot qui, sans façon, épiait les fenêtres de l'appartement. Elle tressaillit d'effroi, le front contre la vitre. Pierre lui adressait obstinément des gestes d'appel. N'aurait-il pas l'audace de monter chez les Lampéric? Elle ferma les yeux et, portant la main à son cœur, elle voulut s'éloigner de la fenêtre.

Sébastien avait déjà remarqué son trouble. Il l'interrogea:

— Est-ce que tu vas te trouver mal?

— Non... Pourquoi?

Il se soulevait péniblement sur sa chaise longue, avec une sorte de hâte. Alors, hardie dans le danger, elle courut à lui.

— Ne te tourmente pas, dit-elle. C'est toi qui as des hallucinations... Ton mal peut-être?...

— Sois sage, mon fils, soupira mère Adèle.

— Oui, je serai sage.

Il se renversa sur le dossier de la chaise: Mathilde eut le courage de l'embrasser et, au contact des lèvres qui le ranimaient toujours, il sentit une vie heureuse circuler dans ses veines.

— Mathilde, supplia-t-il, très doux, raconte-moi tes chagrins.

— Eh bien, je m'ennuie un peu.

— Rien que ça!

— Ce n'est pas assez?

— Si!... Tu as raison... Tu es belle, tu as besoin d'espace et de soleil.

— Ne te tourmente pas. Lis...

Et, lui ayant rendu ses caresses, elle revint au jour de la fenêtre, le cœur content de ne plus retrouver Pierre sur le trottoir, en face.

Le lendemain, à la même heure d'après-midi, Mme Baudois se présenta seule pour prendre des nouvelles du convalescent. Dans le boudoir, à l'extrémité opposée de l'appartement, mère Adèle était en train de morigéner l'oncle, qui ne rapportait de ses fréquentes promenades, que des odeurs de débauches.

Sébastien allait mieux, aujourd'hui. Dans son espoir de revoir bientôt la rue, le magasin, il avait une humeur de plaisanter. Il taquina Berthe à propos de sa toilette sémillante, de son grand chapeau en bataille. Berthe, en effet, comme tant de provinciales jetées sans mégarde sur le sol de Paris, subissait l'influence de son atmosphère, saturée de poésies perverses et délicieuses. Elle souhaitait de connaître les plaisirs défendus, les moins accessibles aux femmes de la province, par conséquent les meilleurs. Puisque les femmes bien portantes et cossues s'amusaient dans Paris, pourquoi ne chercherait-elle pas aussi un objet de caresse et de récréation? Peut-être, par un geste de révolte, ramènerait-elle dans leur chambre commune ce coureur de Léon, en excitant sa jalousie ou son amour-propre?

Elle avait enduit de fard et de poudre ses joues presque ridées, son front menu, le tour de ses yeux, ses lèvres épaisses. Dans une agitation croissante, sa toilette, son linge exhalaient de violents parfums d'alcôve. Elle bavardait d'un entrain dégourdi, à peu près seule, avec des allusions au péché d'amour.

— Alors, Sébastien, vous êtes encore fatigué?

— Oui. Le surmenage...

— Lequel?... Ah! ah!... Voyons votre pouls...

Elle lui tâtait le poignet, se rapprochait sans discrétion. D'un coup d'effronterie, elle s'écria :

— J'ai, ma foi, changé de caractère. Je ne veux plus que bien vivre.

— Si Léon vous entendait!

— Il le sait.

— Par exemple!...

— Il ne fait pas d'économies, je ne veux plus en faire... N'ai-je pas raison, Mathilde?

— Moi, répondit celle-ci en riant, je n'en sais rien.

Berthe, déjà, se retournait vers Sébastien, et lui demandait :

— Vous serez bientôt sur pied ?

— Demain.

— Tant mieux. Vous êtes un mari fidèle, vous.

— C'est vrai.

— Léon me trahit, moi, j'en suis sûre. Ma foi, tant pis!... Il a tort.

Un moment de confusion, Sébastien la considéra, si proche de lui, soumise. Etait-elle venue essayer sur l'époux de Mathilde la force de ses tentations? Elle se leva d'un saut, en lui serrant très fort la main, puis elle embrassa Mathilde avec effusion, ainsi qu'une bonne camarade de sentiments et de pensées. A peine eut-elle franchi la porte de la chambre, que les époux Lampéric battirent des mains, l'un devant l'autre, comme des enfants en possession de secrets redoutables.

— Notre vieillote est folle! dit Sébastien.

A l'idée du malheur qui menaçait son ami, il éprouva, dans le fond toujours obscur de sa conscience, une émotion de joie et d'orgueil. Mais il cessa de sourire. Tandis que la joie, à mesure qu'il réfléchissait, s'éloignait de son esprit, il répéta :

— Sont-ils drôles, nos associés!...

— Ce n'est pas elle, en effet, la pauvre femme, qui aura tous les torts.

— Pourquoi, je te prie?

— Parce que son mari la délaisse, et qu'il n'en a pas le droit.

— C'est vrai, Mathilde. Mais il y a beaucoup de femmes qui, sans excuse, uniquement par goût du vice, de l'inconnu, et les plus heureuses même, semblent poussées par un démon à se chercher de l'inquiétude, à détruire le bonheur de leur foyer.

Il la frappait sur la paume des mains, avec une tendresse ardente, la première depuis sa convalescence. Il la regardait gravement, attentif à surprendre dans ses yeux bleus, sur son clair visage, une ombre de tristesse ou de misère. Elle soutint son regard sans trouble, sans forfanterie. Elle se reposa sur la chaise longue, contre ses genoux.

— Ecoute, lui dit-il. Je m'imagine parfois que je ne te possède pas pour longtemps.

— Crois-tu que je vais mourir?

— Non.

— Que je te quitterai ?

— Peut-être... Ou que tu me tromperas, en jouant ici la comédie de la fidélité.

— Tu sais!... Si je ne te connaissais pas, je me fâcherais.

— Vois-tu, Mathilde, je t'aime trop!

— Non. Mais non!...

— Si!... Il y a des jours où la folie me vient, pour que tu ne sois pas à d'autres, de te tuer... Et moi après!...

— Tu rêves, mon Dieu!...

— Ne t'en va pas!... Il me semble que pour la dernière fois je suis pleinement heureux. Oh! si tu me trompais!...

Elle ne se défendait plus, dans la défaillance de son âme. Elle s'allongea contre lui, mais en dérobant, par une honte, son visage. Il la pressa de nouveau, avec emportement, sur son cœur avide de la sentir à lui, entière et dévouée, comme aux premiers jours de leur mariage.

Un pas très lent, au milieu du silence, s'avança dans le vestibule, vers leur chambre. Ils se séparèrent: Sébastien repoussait Mathilde d'un mouvement de pudeur étrange, en la regardant avec passion. C'était mère Adèle qui entrait, un tricot à la main. Puis, ce fut l'oncle Alcide. Celui-ci, parce que personne ne lui adressait la parole, s'en alla sur le boulevard se distraire.

Mathilde, jusqu'au soir, resta docilement à coudre, auprès de mère Adèle. Dans la pénombre de la chambre, elle comprenait aujourd'hui les tristesses de mère Adèle, si inconsolable d'être dépaysée. En observant la rue libre et tapageuse, elle songeait à Pierre, à leur terre noire de la mine, où ils avaient appris ensemble l'esprit des caresses et des baisers, à sa chambre de pauvre, où elle avait reçu de lui la révélation véritable de l'amour.

Le lendemain, tandis que son mari se rendait à sa boutique, boulevard Poissonnière, elle partit pour Montmartre, plus brûlante encore des émotions de son esprit et de sa chair. C'était chez elle un besoin impérieux, exaspéré, de jouir de la vie, d'obéir, même à travers de la souffrance, aux appels voluptueux de son âge.

Là-haut, sur la butte, la maison de Pierre dormait, toutes ses chambres closes. Mathilde redescendit dans Paris, éperdue d'ennui. A propos de rien, rue Chauchat, elle fit une scène à sa servante, et dans un tel désordre que mère Adèle craignit pour sa santé :

— D'où viens-tu, ma fille?... As-tu à te plaindre de quelque chose?

— Non!... non!...

Mathilde frappait des pieds avec rage, cognait son front à petits coups de poing.

— Je ne suis pas heureuse! cria-t-elle.

— Pas heureuse!... toi!... avec nous!... un mari que tu mènes par le bout du nez!

— Ce n'est pas ça!... Vous ne pouvez pas me comprendre, parbleu! Je reconnais vos bontés, oui. Mais il y a ou moi du démon, un mauvais ange, qui m'appelle dans le péché et dans la misère!... Je résiste à sa voix terrible, et ça me fait souffrir!... Oui, ça m'embête d'être enchaînée, même avec des chaînes d'or!...

— Oh! ma fille!...

— Tant pis! C'est plus fort que moi!

— Voudrais-tu nous quitter?

— Moi!... vous quitter?

— Oui!... A moins que tu ne prétendes rester dans notre famille, pour la salir de tes fautes!

Mathilde, étonnée de la hardiesse de mère Adèle, comprit aussitôt l'imprudence de ses folies, et, changeant d'attitude, elle larmoya:

— Je me suis mal expliquée.

— Je l'espère.

— Je me confessais à vous, mère indulgente et bonne, afin que vous me secouriez dans l'orage où parfois la voix du mauvais ange éclate au fond de moi, comme un coup de tonnerre.

— Je sais si peu de chose, ma fille.

— Vous savez tout, puisque vous avez du cœur. Oh!... laissez-moi vous embrasser.

— Oui, va.

— Tenez, je reviens de Montmartre voir ma chambre d'ouvrière: un caprice encore!... — Je n'y puis rien.

— Tu n'as pas rencontré quelqu'un de malhonnête?

— Non. D'ailleurs, je ne l'aurais pas écouté. Mais la tentation du mal, c'est déjà trop.

— Je crois!

— Aussi, j'appelle souvent, sur le chemin de mon passé, Pierre...

— Ton ami?... Il ne t'a pas entraînée, au moins?...

— Il est si brave!... Ah! mon Dieu!... Je ne sais pourquoi je vous confesse mes tourments. Vous allez m'en vouloir! Où est Sébastien?

— Tu le sais. Il travaille. A son magasin.

Ayant ôté ses gants, son chapeau, Mathilde marchait de long en large, avec égarement. Mère Adèle, très émue, la saisit entre ses mains que la vertu rendait vigoureuses.

— C'est triste, lui dit-elle. Il ne faut même pas que Sébastien soupçonne en quel enfer s'agite ta conscience... Sais-tu d'où vient le malheur? C'est que tu es trop belle, trop occupée de toi-même, trop enivrée des hommages qu'inspire ta jeunesse. Et puis, tu négliges trop le bon Dieu... Dans mes prières, c'est pour mon fils, par conséquent pour toi, que je prie. Je te croyais si heureuse!

— De par ma volonté, je le serais certes, au milieu de vous tous. Mais on n'est pas maître de son corps.

— Si, ma fille!... N'envie pas les joies apparentes du monde, qu'il expie par du remords, par l'impuissance d'aimer. Le cœur n'est pas assez riche, pour se gaspiller hors de sa maison. Songe que la beauté de ton corps fondra aussi vite que la neige au printemps, et que c'est dans ton âme, si tu la gardes pure, que tu trouveras jusqu'à ta dernière heure la force de te dévouer à ceux qui te chérissent et le plaisir de goûter aux félicités permises de la terre.

— Je veux vous aimer. Seulement, voyez comme je tremble...

Mathilde laissa couler sur ses joues des larmes, que rendait sincères la crainte de perdre sa fortune. Elle se mit à genoux, lentement, avec une jouissance de se prosterner bien bas. Mère Adèle aussitôt la releva, non sans rudesse.

— Ne t'humilie pas devant moi, ma fille. Si je n'ai jamais connu la voix du péché, je ne veux pas, avec les créatures trop faibles qu'il tourmente, l'entendre une seule fois. Viens, allons à l'église.

— Oui.

Mathilde sécha ses paupières, ses joues, en souriant d'espérance. Elle se ganta bien vite, épingla son chapeau sur ses cheveux brillant de leur lumière. Mère Adèle, ayant mis son collet de velours, l'attendait déjà. Elles sortirent précipitamment, serrées l'une contre l'autre.

Notre-Dame-de-Lorette était tout proche, isolée et sombre dans les ondes de la foule. Quelques dévotes disaient leurs chapelets, çà et là. Mathilde, dans la chapelle de la Vierge, s'agenouilla sur le bord de la chaise, qu'elle avait à demi renversée.

Elle baissa le front, l'enferma soigneusement entre ses mains, que l'émotion glaçait. Les prières qu'elle récitait autrefois par force lui remontèrent spontanément aux lèvres, du fond ranimé de ses croyances, dans le temple imprégné des sentiments de la douleur et de la foi, comme un jardin du parfum des fleurs: les mots de charité, de pardon et d'amour, toujours nouveaux, la baignèrent de leur bonté éternelle et simple.

Dans l'odeur enivrante des bouquets, à la clarté vacillante des cierges, elle souriait au rêve d'une vie meilleure, plus fortunée par la grâce de Dieu. C'était pour elle que la mère de Sébastien, sur la chaise voisine, priait avec ferveur, et le murmure monotone de ses lèvres lui touchait le cœur avec délices, comme une ondée d'avril sur de tendres feuillages. Dans le recueillement de la chapelle, plus profond que celui de sa conscience, Mathilde priait toujours, s'adorait elle-même, à son insu, le front levé vers la Vierge toute blanche de la lueur des cierges, lorsque mère Adèle lui frappa sur l'épaule:

— Assez pour aujourd'hui, ma fille. Viens!

Mathilde la suivit docilement, sans mot dire. Mère Adèle semblait, dans la rue, la reconduire avec orgueil.

Mathilde se croyait apaisée maintenant, purifiée de ses maux; elle sentait la vie plus radieuse, comme l'oiseau qui a passé dans du soleil. Elle ne craignait plus le péché et, hardiment, sans le savoir, elle s'avançait à travers la foule, dans la ville coquettement parée et sensuelle. Mère Adèle, si imprudente en ses illusions, voulut, au lieu de rentrer tranquillement rue Chauchat, mener Mathilde à son mari, au magasin. Celle-ci ne se doutait pas non plus du péril qu'elle courait à se confondre, sur le boulevard, parmi des femmes dont la beauté bienfaisante excuse parfois les caprices. La foule, en ses remous, la soulevait, heureuse, fière d'une noblesse de son corps à laquelle sans cesse les passants rendaient hommage, d'un regard. Chaque fois qu'elle croisait un homme agréable, malgré elle, à ses yeux, elle rougissait avec innocence, et son sein palpitait d'une angoisse rapide.

— Le boulevard est joli, ma fille, s'écria mère Adèle, qui marchait à son bras.

— Je voudrais bien y habiter, répondit Mathilde. Voyez que de bijoux dans les vitrines!

— Ne nous arrêtons pas. Ces tentations sont mauvaises.

— C'est vrai. Quand on n'est pas assez riche pour acheter ces trésors...

— Jamais je n'en ai eu seulement envie... Té! nous voici arrivées.

Dès l'apparition de Mathilde, dont la splendeur étonnait toujours, la conversation s'interrompit, dans le magasin. Il y avait, debout entre les deux associés, M. Jaume, dont le visage rougeâtre se gonfla de contentement. Une fois encore, il avait promis ses libéralités prochaines, après le paiement de quelques échéances.

Sur l'invitation de Sébastien, on passa dans le cabinet directorial. Tous parlaient ensemble, avec effusion. Mais, pour entendre Mathilde racontant sa visite à l'église, chacun se tut. Sébastien la félicita de tout son cœur de revenir à Dieu, selon les exemples de sa mère. M. Jaume, qui s'était assis auprès d'elle, ricana d'impatience:

— Allons donc!... votre église!...

— Est-ce un lieu de perdition, monsieur Jaume?

— Je ne sais pas, mon garçon. Tout ça, c'est du penchant au cléricalisme!... Moi, voilà vingt ans que je n'ai pas mis le pied dans une église! je n'en ai pas besoin.

— Pardon, monsieur, protesta mère Adèle. Il faut pourtant croire à quelque chose.

— Certainement, madame! Je crois à moi, à ma fortune, à mon honneur... Moi, je me vois, je me sens... J'existe!...

Tandis que M. Jaume se tapait sur le ventre, Léon, pour flatter la jeune femme et gagner mère Adèle, insinua:

— Si j'avais le temps, j'irais à l'église.

— Ah! ah!... le gredin!... s'exclama M. Jaume qui, se soulevant un peu, lui tapait sur le dos gaillardement, comme à un complice trop roué.

Un employé demanda au magasin un de ses patrons, pour servir une cliente. Sébastien, d'un bond, se précipita. Comme mère Adèle interrogeait Léon sur les résultats réels du commerce de vins, Mathilde se trouva isolée dans son fauteuil, après de M. Jaume, qui, sans retard, caressa d'un doigt une de ses mains gantées. Elle eut un mouvement de répugnance. Néanmoins, afin de n'être point soupçonnée d'une faute par sa mère, elle prit le parti de rire. Et M. Jaume, se croyant encouragé, lui souffla dans l'oreille:

— Pierre ne vous a rien dit?

— Non. Il travaille...

— Pour moi. Je vous attends à Saint-Mandé.

— Chut!...

— S'il ne vous amène pas, je le flanque à la porte. En ce moment, il ne trouverait de travail nulle part. Je ne donne rien pour rien.

— Méchant!... Taisez-vous!...

Mathilde pâlissait de colère, sans qu'il s'effrayât une seconde. Il gardait sur elle, sur son bras potelé, une main avide, il se penchait encore vers son oreille, lorsque Léon, avec une ironie hautaine, les sépara:

— Que racontez-vous?

— M. Jaume est amusant, répondit Mathilde. Il veut à tout prix que nous allions passer un dimanche chez lui, à Saint-Mandé.

Interloqué par ce mensonge, qui pourtant lui parut une adhésion à ses projets d'amour, M. Jaume se frotta les joues, éclata de rire. Mère Adèle, avec une inquiétude involontaire, regardait fixement sa bru, qui s'écria:

— Oh! mère, nous n'irons pas à Saint-Mandé sans vous.

— Ouais! riposta M. Jaume. Mme Lampéric Sébastien peut sans crainte venir seule chez moi, je pense!...

On resta, un moment de gêne, à s'épier. Mère Adèle, déjà lasse de penser et de marcher, soupira :

— Allons-nous-en, ma fille.

Léon et M. Jaume, aussi empressés l'un que l'autre, accompagnèrent les deux femmes au magasin, où Sébastien se débarrassait à peine de sa cliente. Celui-ci, sur la porte, embrassa Mathilde, à deux reprises. Et M. Jaume, en arrière, dédaigneux de ce Léon Baudois, qui demandait toujours de l'argent, grommela:

— Cristi!... Que ce bout d'homme a de la chance!...

XIII

Monsieur Jaume se dérobait obstinément à ses promesses. Alors, les deux associés, alarmés un jour du déficit persistant de leurs recettes, résolurent de frapper un grand coup de diplomatie. Ils envoyèrent à Saint-Mandé leurs épouses, messagères plus séduisantes et plus têtues. M. Jaume aimait les femmes, leur compagnie, leurs bavardages. Mais Léon, ni Sébastien, n'imaginèrent une seconde que ce rentier mal léché osât, se comparant à des hommes de leurs conditions, avoir envie du mets délicat de leurs épouses.

Dans le tram qui les amenait à la porte de Vincennes, celles-ci frémissaient d'un certain orgueil, à la pensée de la mission que leurs maîtres confiaient à leur intelligence. Elles devaient, aujourd'hui même, non seulement enrôler M. Jaume dans l'association, mais lui emprunter de l'argent. Joueraient-elles, à la satisfaction des trois hommes et d'elles-mêmes, leur emploi d'ambassadrices ? Elles préparaient, à voix basse, en plaisantant, les pièges où se laisserait prendre le vieux coq vaniteux de Saint-Mandé. Et, par des allusions à sa rapacité, elles soulevaient parfois un coin de leur âme tremblante. Si Berthe remarquait sans étonnement chez Mathilde la jouissance d'aller à l'improviste tenter un homme dans sa maison, Mathilde ne cachait guère son plaisir de constater chez Berthe une confirmation nouvelle de ses goûts d'indépendance et de perversité. Berthe s'était attifée avec prétention: des bottines à talon très haut, une peinture de rouge et de blanc sur son maigre visage, de grosses bagues aux doigts.

Hors du tram, dès la porte de Vincennes, elles se hâtèrent, par l'angle rue de Paris, vers le bois. Berthe, sur un ton d'effronterie, s'écria:

— Qui de nous deux préférera-t-il ?

— Tiens! tiens!... Croyez-vous que moi?...

— Non, parbleu. On ne cédera pas à M. Jaume un pouce de son corps. Il est trop mal ficelé... Mais empêcherons-nous son libertinage?

— Je l'espère!

— Le rencontrerons-nous, seulement?

— Oh! oui... Et vous allez voir quel rustre!...

A la grille de M. Jaume, Mathilde sonna discrètement. Il apparut bientôt, non sans bougonner. Apercevant Berthe auprès de Mathilde, il bougonna davantage, le front baissé. Cependant, il réprima sa mauvaise humeur, et pour paraître bien élevé, généreux, il descendit avec entrain vers la grille.

— Nous vous dérangeons? lui dit Mathilde.

— Ma foi, non!... répliqua-t-il. Plus on est, plus on rit.

Il se planta bravement entre les deux femmes: puis, les ayant pressées l'une et l'autre sur ses flancs énormes, il les conduisit au perron, d'un pas doux, en cadence. Dans le salon, il s'assit sur le canapé, auprès de Mathilde. Goguenard, il demanda:

— Ce n'est pas en allant à la promenade, je pense, que vous vous arrêtez chez moi, ce matin?... Qu'y a-t-il pour votre service?

— Nous venons prendre votre décision au sujet de notre commerce de vins. On l'attend depuis des mois.

— Aïe!... Vous êtes roublardes, vous autres, et vos maris également. Ils savent que leurs dames les serviront auprès d'un célibataire.

— Non, monsieur Jaume. C'est à cause de notre amitié...

— Amitié sincère, oui... Mais alors, ça ne marche donc pas, le magasin?...

— On veut qu'il marche mieux.

— Je sais, on me l'a déjà dit.

— Monsieur Jaume, déclara Berthe, qui prétendait dépasser Mathilde en audace et en autorité, vous serez bien gentil de nous avancer, naturellement sur hypothèque, une quinzaine de mille francs.

— Bigre!... Quinze mille!...

Une main velue à ses lèvres, M. Jaume poussa un soupir d'anxiété. Puis, après avoir observé le visage impassible de Mathilde, il parut se décider de bonne grâce:

— D'abord, faisons le tour de mon domaine.

Berthe, comme son mari, admira, au fond de l'enclos, les ceps d'une treille, le poulailler cossu, qui lui rappelèrent les jardins de son Languedoc. Assez loin, vers le perron de la salle à manger, Mathilde s'en alla revoir la fleur sauvage au cœur rouge, le joyau du domaine. M. Jaume dare dare la rejoignit, et puisqu'on n'avait pas le temps de s'égarer en fadaises, il lui dit:

— Je donnerai beaucoup, si vous me fixez un jour... Hum!...

— Je ne dis pas non, murmura Mathilde.

— Ah!... Enfin!...

— Mais, d'abord, c'est à Mme Baudois qu'il faut vous attaquer.

— Hein!... Pourquoi faire?

— Elle me suit partout, elle m'épie jusque dans mes pensées. Je suis sûre que, si je cédais à vos intentions, elle l'apprendrait tout de suite.

— On se cacherait, pourtant. Ici, personne...

— Impossible. Rien n'échappe à son flair de policière. Elle me dénoncerait, et je serais perdue.

— Alors, comment faire?

— Je vous l'ai dit. Elle a une envie folle de se rajeunir par l'amour. Qu'elle succombe donc entre vos bras, la première. Moi, par votre connivence, je surprendrai son secret, et dame!... elle ne pourra plus me dénoncer, sans se trahir elle-même.

— Parfait! Parfait!... La poire est un peu mûre, N'importe. Pour vous conquérir, que d'épreuves n'affronterait-on pas ?...

Il lui parlait dans le visage, sourdement, avec frénésie. Elle dut le repousser.

— Que Mme Baudois ne nous remarque pas si longtemps ensemble!... D'ailleurs, écoutez-la qui nous appelle. C'est le moment de lui proposer votre affaire. Inventez un moyen de vous débarrasser de moi, ne fût-ce qu'une demi-heure.

Berthe, au poulailler tout couvert de soleil, s'amusait à jeter des cailloux sur les poules. M. Jaume, doucement, s'entraîna jusqu'à elle, et, brusque, lui taquina la taille.

— Hé! hé! madame Baudois, vous aimez les bêtes ?

— Beaucoup!... répondit Mme Baudois, qui sursautait d'étonnement.

— Si vous veniez me voir de temps à autre, je vous en offrirais.

— Vous promettez toujours, vous ne tenez jamais.

— Ça dépend, ça dépend... Je tâche de ne pas être dupe...

— Oui, vous êtes un finaud.

Il lui plut, à M. Jaume, d'être complimenté pour son esprit des choses pratiques. Espérant par son dévouement gagner Mathilde qui, feignant l'indifférence, marchait vers le pavillon, il trouva du goût à cette damette un peu maigre, chaude comme une caille servie à point sur la table. Il la souleva d'une poigne énergique, et, tandis qu'émue de perdre pied elle fermait les yeux, il la baisa au front, dans les cheveux touffus. Elle, fière encore de la vertu de ses charmes, se serra avec reconnaissance contre ce riche, dont la sincérité lui en imposait.

— Vraiment, dit-il tout bas, êtes-vous venue pour traiter d'affaires sérieuses?...

— Ma foi, oui... Croyez-vous que ce soit pour nous divertir?

— Oh! l'un n'empêche pas l'autre.

Elle balança la tête, avec une gentillesse de demoiselle complaisante, et murmura:

— Ma foi, qui sait?

Mais, au moment de succomber à la faute irréparable, un scrupule arrêta sa volonté, un soupçon qu'elle pouvait être victime de quelque supercherie. Elle toisa M. Jaume patiemment, avec ses petits yeux luisants comme de l'huile, et demanda:

— Vous ne dites plus rien à Mme Lampéric?

— Oh! celle-là, c'est du salpêtre... quand je veux...

— Ah! ah!... Elle vient souvent ici?

— Chut!... Nous allons l'éloigner tout de suite.

— Pourquoi?

— Chut!... Vous me comprenez.

Il la poussait du coude, avec malignité, en clignant de l'œil. Elle se tut, sans force. M. Jaume, déjà s'avançait vers le salon, où il appela les deux messagères, très attentives, de la maison Baudois-Lampéric.

— Ecoutez, mesdames, je veux que vous soyez contentes de moi. Vous annoncerez à vos maris qu'avant quinze jours j'aurai signé mon acte d'association. En attendant, combien puis-je vous donner, aujourd'hui?

Berthe, qui se targuait, à présent, d'une certaine familiarité, discuta, non sans expérience, le chiffre de quinze mille francs. M. Jaume, après avoir lutté avec précaution, finit par en accorder dix mille. Et il conclut:

— Madame Baudois voudra bien me délivrer un reçu provisoire. Elle viendra là-haut, dans ma chambre, recevoir mes obligations du Crédit Personnel... Et vous, madame Lampéric, vous serez tout à fait aimable d'aller me chercher une feuille de papier timbré.

— Volontiers, acquiesça Mathilde.

— Le bureau de la régie est assez loin. Je ne vous l'indique pas, parce que ce serait embrouillé. Dehors, n'importe qui vous indiquera ça.

— Parfait!...

M. Jaume l'accompagna jusqu'à la grille, referma sur elle la porte, sans dire mot, afin d'éviter les soupçons de Berthe. Et redoutant, en sa ferveur, de retrouver celle-ci indécise, il rentra précipitamment. Berthe, au contraire, mieux résolue que jamais, ôtait son manteau dans le salon, puis son chapeau. M. Jaume la prit par la main. Dans l'escalier, ils chancelèrent d'une pudeur, ou d'une fièvre, qui les rajeunissait .

Toutes les fenêtres étaient closes. Un long moment, le pavillon, sous le joli soleil de septembre, parut dormir sans âme, dans une paix ingénue.

Mathilde avait mis dans sa com[illegible] beaucoup de longanimité. Pourtant, elle se représenta [illegible] tôt chez M. Jaume. Elle dut sonner cinq ou six fois, très fort. Enfin, M. Jaume, tout congestionné, soufflant de bien-être, accourut ouvrir la grille.

— Ça y est, madame! dit-il. A vous, maintenant!...

— Oh! pas ce matin!...

— Encore un refus!...

— Hé!... comment éloigneriez-vous Mme Baudois?

— C'est juste... je suis attrapé.

— Rien qu'à demi, voyons!...

Berthe était occupée, dans le salon, à remettre son chapeau, devant la glace. Dès l'apparition si brusque de Mathilde, elle affecta de rire, sans détourner d'abord sa figure, dont le vent et la pluie semblaient avoir brouillé le fard et la poudre. Elle minauda:

— Mathilde, je deviens coquette. Est-ce que mon chapeau va bien? Je l'arrangeais.

— Il va très bien, répondit Mathilde, qui se pinçait les lèvres.

— Vous n'êtes pas restée longtemps en course!...

— Vous croyez?... Une autre fois...

— Oh! je ne vous reproche rien!...

M. Jaume qui, dans la salle à manger, préparait sur son bureau le papier et l'écritoire, appela ces dames.

— Venez donc!... Madame Baudois voudra bien me délivrer ce reçu. J'ai composé le brouillon: il n'y a qu'à copier.

Tandis que Berthe s'installait au bureau, les jambes encore échauffées par l'orage, M. Jaume s'insinua vers Mathilde, mais sans la toucher, de crainte d'exciter la jalousie de Berthe, ou quelque méfiance. Bientôt, celle-ci, de plus en plus alerte, remit le papier au maître de céans qui, après l'avoir lu avec attention, le serra gravement dans la poche de sa veste.

— Allons, au revoir, monsieur Jaume! ...

Les deux tourterelles du boulevard, en un frou-frou de leurs plumages, s'envolèrent jusqu'à la grille. Mathilde s'écartait soigneusement de M. Jaume.

— Adieu! adieu!... saluaient-elles.

— Au revoir!...

Du seuil de sa porte, il les épiait avec chagrin dans leur course, le long des pavillons silencieux, lorsqu'au détour de l'allée, Mathilde, toujours méchante en sa gaminerie, lui envoya un pied de nez. Berthe, de nouveau, éclata de rire, d'une gaieté trop bruyante, comme si l'empreinte du baiser défendu demeurât encore sur son visage. Elle voulut, à la porte de Vincennes, au lieu de prendre le tram, monter dans un fiacre. Là, étendue sur les coussins, bien à l'aise, elle éprouva une joie pleine, l'orgueil de sa force amoureuse. Elle avait vu, dans la chambre de M. Jaume, après qu'il eut ouvert la fenêtre sur le jardin, son coffre-fort garni de pièces d'or, de billets de banque et d'obligations du Crédit Personnel.

— Quelle vie de luxe et de plaisirs on se paierait avec les richesses de ce rentier! s'écria-t-elle. Oui, ma chère, il a su travailler et amasser. Il ne sait peut-être pas s'amuser. Mais on lui apprendrait vite, parce qu'il n'est pas bête. Ah! celui qui peut a bien tort de ne pas cueillir le bonheur, lorsqu'il passe sur son chemin.

— C'est vrai.

— Si nous pouvions, nous deux...

— Qui nous empêche?

— Parbleu!... On s'entr'aiderait.

— Les hommes ne se gênent pas, allez.

— A qui le dites-vous, ma chère!... Mais vous, déjà... mon mari tourne autour de vous. Nos maris, pourtant, il faudrait les laisser tranquilles.

— Ça, n'ayez pas peur. Avec votre mari, jamais!...

— Voilà qui est raisonnable... Quoi qu'il en soit, on pourrait sortir de temps à autre, rien que toutes les deux.

— Oui.

— Auprès de vous, je ne sens plus de verve...

— Tiens! tiens!...

— Vous vous moquez?... A cause de mon âge?

— Non. C'est que je me souviens de vos susceptibilités, de vos austérités de naguère.

— Que j'étais sotte!

— Oui, et très injuste. Car, je vous étonnerai sans doute... Je n'ai pas encore commis, à l'égard de Sébastien, une seule infidélité.

— Pas possible!... Allons donc!...

— C'est comme je vous le dis.

Berthe, avec emportement riait, roulait des épaules, si fort que Mathilde se mit à rire, et, pour l'apaiser un peu, ajouta:

— Avouez que vous étiez jalouse de moi?

— Plus maintenant!... Je vous protégerai, s'il le faut. Soyons camarades, ma chère.

— Oui, toujours.

Elles se turent, dans la tendresse du soleil qui, partout, sur les façades interminables, sur les arbres rougis par l'automne, répandait l'or léger de ses rayons. Le fiacre les emportait d'une cadence douce, dans les bruits du boulevard, la splendeur de Paris. A travers la foule, elles avaient à mesure l'émotion précieuse de s'attendrir, l'une contre l'autre, pet[illegible] [illegible]s grisées par la jeunesse éternelle et la beauté du monde.

Boulevard Poissonnière, Mme Baudois voulut, en un sentiment étrange de volupté, de défi, remettre seule l'argent de M. Jaume à son époux, qu'elle venait de trahir. Mathilde rentra donc à pied rue Chauchat. Mais, le soir, elle n'y tint plus d'aller au magasin, observer de ses yeux, avec une ironie cruelle, la prestance de Léon et sa quiétude. Ce fut Berthe qui l'accueillit:

— Vous voilà, ma chère!... N'êtes-vous point fatiguée?

— Pas un brin. Et vous?

Léon s'approchait, fier de féliciter Mathilde Lampérié du succès de sa mission auprès de M. Jaume. Mathilde, avec un accent de générosité, se récria:

— Ce n'est pas moi qui mérite des compliments. Berthe n'aurait eu besoin de personne, pour l'assister. Elle sait entortiller un homme, ah! oui!...

— Tout de même, dit Sébastien, qui, sur son bureau-caisse, signait sa correspondance, ça n'a pas dû marcher tout seul.

Berthe, modestement, baissait les yeux. Tandis que les deux associés se congratulaient de leur bonne fortune, des badauds se rassemblaient devant la vitrine, pour admirer Mathilde, toujours éblouissante dans la pénombre, ainsi une étoile d'or; tout à coup, parmi les badauds, elle reconnut la tête furieuse de Pierre, lequel ne bougeait pas.

Il la regardait avidement, les mains sur la poitrine, le cou nu. Ne recevant d'elle aucune réponse à ses lettres depuis quelques jours, il s'était alarmé, dans sa solitude. Et, ce soir, en retournant à son travail, il venait s'informer si Mathilde était toujours à lui, si elle se portait bien.

Mathilde, auprès de son mari qui écrivait, très calme, avait frémi d'étonnement, d'angoisse. Pour cacher son émotion, elle se recula dans un coin d'ombre. Léon et Berthe avaient également reconnu devant la vitrine, sur le trottoir, le maçon stupide. Par compassion, ils abritèrent leur amie de leur corps, ensemble. Mais, presque aussitôt, Berthe, en s'inclinant sur son épaule, la rappela d'une voix souriante. Pierre avait disparu, tel qu'un loup, à travers la foule.

Le désarroi n'avait duré qu'une minute, sans que Sébastien l'eût soupçonné. Le brave Sébastien travaillait sans relâche, sa tête énorme penchée sur les livres de commerce.

Il méritait, pour sa sagesse, sinon pour ses grâces, d'être récompensé d'une honnête affection. Mathilde s'assit auprès de lui, timidement, comme une chatte.

Berthe, cependant, remettait son chapeau, boutonnait ses gants de peau blanche. Une lueur de malice dans ses petits yeux, elle invita Mathilde à se promener sur le boulevard. Celle-ci, paisible, refusa:

— Merci! un autre soir... Je tiens compagnie à Sébastien. On l'abandonne trop, ce pauvre chéri!

Sébastien leva ses yeux contents sur sa femme, la frôla de sa lourde épaule. Berthe sortit à pas précipité, en secouant sa croupe. Léon s'enferma dans le cabinet directorial, pour travailler aussi, et surtout pour attendre Mathilde, que gênerait sans doute l'attention des badauds, plus nombreux devant la vitrine, depuis qu'un employé avait allumé le lustre et les lampes.

Une paix laborieuse régna dans le magasin. On entendait les employés assidus gratter leurs papiers de leur plume et, au dehors, dans le claquement des fouets, parmi les clameurs et les rires, gronder le torrent de la foule. Mathilde, auprès de son époux docile, dans le recueillement du décor somptueux où s'animait son rêve de prospérité sensuelle, ne songea qu'à la coquetterie, à la domination de sa personne.

— Sébastien?... murmura-t-elle.

— Quoi? mon toutou!...

— Les boucles d'oreilles que tu m'as promises?

— Tu ne fais grâce de rien, toi.

— C'est le moment de tenir ta promesse. Tu as l'argent de M. Jaume: tu me dois bien quelque reconnaissance?

— Oh! oh!... tu n'as pas à te plaindre!

Il la poussait du coude avec une vivacité égrillarde, lui effleurait presque la joue de sa moustache. Ce n'était point des minauderies que souhaitait Mathilde. Elle insista si adroitement, tantôt avec des câlineries savantes, tantôt, au contraire, avec des menaces d'abstinence amoureuse, qu'il ne se défendit plus. Sans différer jusqu'au lendemain, il avança son chapeau de soie sur le front, et, glorieux de plaire à sa souveraine, il partit.

— Tu me retrouveras ici, lui dit-elle. Nous rentrerons ensemble chez nous, bras à bras.

— Tu n'auras pas longtemps à languir.

Courtisane empressée, elle referma doucement la porte sur lui. Engagée au travail par le sentiment de gratitude de toutes les bontés qu'on accordait à son corps, elle s'assit au bureau, sur la chaise même de son mari, afin de continuer ses écritures. Hélas! elle ne comprenait rien aux chiffres. En outre, dès qu'elle était seule, sans parler, sans rire, elle s'ennuyait. Aussi, elle chercha dans le cabinet directorial à se distraire, auprès de Léon, qui vérifiait, sur sa table, des comptes de fournisseurs. Elle s'empara d'un journal de sport et, sans bruit, après avoir demandé pardon de son indisc[illegible] s'installa sur le fauteuil.

— Vous ne me dérangez jamais, répondit Léon.

Les mains croisées sur son gilet de velours, il observa fixement, avec mélancolie, cette chaude Flamande, dont la présence seule provoquait le désir. Quelle cruauté délicieuse éprouvait-elle donc, ainsi que tant de femmes, à tourmenter par ses tentations, et par ses ruses, plusieurs hommes à la fois? Pourquoi, depuis qu'ils vivaient dans une étroite intimité, ne l'avait-il pas prise entre ses bras, puisqu'un maçon abusait d'elle? Toujours poli, galant, il perdait son temps en fadaises, auprès d'une bourgeoise improvisée d'hier, qui n'obéissait qu'aux brutalités de ses pareils du peuple. S'il ne se pressait pas de la vaincre avec franchise, elle s'en irait à d'autres, plus virils. Cependant, il n'était pas seulement venu à Paris pour arrondir sa fortune; c'était aussi pour jouir de la vie.

Il l'observait toujours, immobile, avec une passion qu'il refoulait en vain. Elle, plongée dans sa lecture, du moins en apparence, ne révélait pas le moindre trouble. Il s'agita d'un malaise, en disant:

— Ça vous intéresse beaucoup, ce journal?

— Pas trop... Mais je vois que vous n'êtes pas en humeur de rire.

— Tiens!... ça se voit?

— Vous êtes triste, préoccupé.

— Mon Dieu, oui... Peut-être...

Il s'avança lestement vers la porte, et, après qu'il l'eut fermée à double tour de clef, il vint avec résolution se planter devant Mathilde, qui, d'abord stupéfaite, demanda:

— Pourquoi m'enfermez-vous?

— Parce que... Il faut que je vous dise... D'ailleurs, vous me comprenez. Ce n'est pas d'aujourd'hui que je vous aime.

— Ah! par exemple!... Si Sébastien entrait...

— Vous ne le craignez pas... quand vous allez avec Pierre...

— Jamais!...

— Plus de mensonge, je vous prie. Voyons, est-ce que je ne vous plais pas, moi?

— Pas du tout.

S'appuyant sur les bras du fauteuil, il se pencha sur elle. Aussitôt, avec frayeur, elle déroba son visage, repoussa de ses poings la poitrine de cet homme trop vieux, qui haletait d'impatience. Il pesa davantage, pour la contraindre, dans une ombre, à subir le contact de sa barbe, la clarté de ses yeux.

— Si vous ne cédez pas, Mathilde, je vous dénonce.

— Croyez-vous que j'aie peur?

— Votre maçon ne vous répugne pas?...

— Ecartez-vous!... Lâche!...

— Et vous?...

D'une poussée plus rude, elle se délivra. Et, debout, bien en face de lui, tandis qu'il frémissait encore de sa convoitise, elle le menaça à son tour:

— Au lieu de violenter si grossièrement les femmes de vos amis, vous devriez surveiller la vôtre!...

— Ma femme!...

— Puisque vous me dénoncerez, paraît-il, je me défends.

— Ma femme! Mais personne n'en voudrait!...

— Quelqu'un en veut. Il y a des amateurs...

— Qui donc?

— Je vous dirai ça plus tard, si vous êtes sage.

— Ma femme!... Ah! ah! ah!...

— Prenez garde. Vous riez amer, comme Croquemitaine.

Dans son agitation, il découvrit la porte. Mathilde, au lieu de fuir, resta devant lui, fière.

— Que m'importe, après tout, ma légitime!... reprit-il sourdement. C'est vous que je veux!...

Elle le regardait, plus proche. Ses traits sensibles contractés par l'orgueil, elle répliqua:

— Mon mari va rentrer. Si vous continuez, je lui raconte bravement vos ignominies!

— Allons donc!...

Il redouta, dans sa pensée orageuse, le danger de rompre avec Sébastien, de perdre à jamais Mathilde. Il eut honte de sa défaillance, et lentement, il revint s'asseoir à la table de travail. Sans lever le front, il maugréa:

— Je vous attraperai bien, un jour ou l'autre...

Elle s'inclina, d'une révérence moqueuse, pour lui répondre:

— Vous ne m'attraperez pas avec ces moyens-là, j'en suis sûre.

Elle lui tourna le dos avec dédain, et sortit tranquillement.

XIV

Sébastien, à la fin de septembre, partit pour le Languedoc acheter du vin. Avec quelle impatience Mathilde attendait sa liberté!... De grand matin, le dimanche, pomponnée sans éclat, pour ne pas froisser la modestie de son Pierrot, elle prétexta l'obligation de faire visite à l'enfant malade d'une de ses a[illegible]... P[illegible] amies de l'atelier. Malgré les gémissements de mère Adèle, qui devenait plus ombrageuse, et les supplications de l'oncle Alcide, qui connaissait trop, lui, l'existence de son péché, elle fila, dit-elle, pour Fontenay, près de Vincennes.

Pierre, à Montmartre, avait nettoyé sa chambre, afin de la recevoir dignement. Dès qu'elle parut aux dernières marches de l'escalier, il s'élança sur elle, les bras ouverts. Il l'entraînait, odorante et légère, vers sa couche, lorsqu'elle protesta :

— Non!... ne nous attardons pas ici!... Je veux profiter de cette belle journée dans la campagne...

— Tu plaisantes!... Moi, qui m'étais préparé!...

Il eut beau la caresser des mains et des yeux, elle resta clouée sur le seuil de la porte. Il dut s'habiller complètement et, tout soupirant de déception, la suivre avec docilité. En bas, au milieu de la rue, sur le boulevard en gaieté, il ne pensa qu'à la gloire de marcher si près d'elle, dans la lumière. Ils montèrent en première, comme l'autre dimanche, à la gare de la Bastille. Jusqu'à Champigny, ils s'amusèrent, avec des tapes sur la figure, sur le cou, sur le dos, à se rappeler leurs jeux du pays de Flandre. Jamais, par une sorte de scrupule, d'appréhension superstitieuse, ils ne parlaient de Sébastien, de l'honnête maison de la rue Chauchat. La chasteté de leur adolescence semblait entrer, pour eux, dans le présent, et le purifier.

La douceur de l'automne les attendrit, dès le bois de Vincennes, ainsi que la pourpre et l'or des feuillages, qui, découvrant les villas coquettes, se lamentaient tout bas. L'odeur de la terre mouillée les imprégna d'une mélancolie, jusque dans leur âme, parmi la mort languissante des choses. C'était pourtant un dimanche d'azur limpide, de brise vagabonde, qui semait dans la plaine des rumeurs de musiques et de bavardages, sortant de toutes les maisons, comme les chansons des nids. La Marne, aux bosquets dépouillés, réfléchissait en ses ondes lourdes les guinguettes, où les calicots grisaient de vin blanc leurs amies d'une saison.

Mathilde et Pierre cheminaient au hasard et, derrière les arbres, ils se becquetaient furtivement. Ils s'assirent sur un talus, pour se reposer, pour savourer ensemble la chaleur du même soleil, qui semblait, comme leur joie, ne devoir s'éteindre jamais.

Une fois que des couples paisibles, bourgeois en causerie d'affaires, passèrent sur le chemin, Mathilde hocha la tête avec un émoi d'inquiétude. Et longtemps son visage demeura immobile, tourné vers Paris, dont la puissance aussi énorme que celle de la mer se dissimulait dans le lointain.

— Oublie tout, lui dit Pierre... ne regarde que moi.

Elle lui sourit, non sans effort, afin qu'il se rassurât. Mais ses craintes d'épouse ne s'évanouissaient point. L'apparition si brusque de ces bourgeois sur le chemin avait, dans sa pensée, évoqué l'oncle Alcide. Elle se souvenait de lui avoir trop souvent parlé de ses promenades buissonnières, lorsqu'elle était demoiselle, les dimanches de fête, sur les bords de la Marne, à Champigny. Elle le revoyait, au seuil de leur appartement, rue Chauchat, la suppliant, en vieux diable amoureux, de ne point le quitter. Et, dans la clairvoyance de ses craintes, elle imaginait qu'il allait, guidé lui-même par la divination de sa jalousie, venir la retrouver au bras de Pierre, dans la plaine immense.

— Allons déjeuner, dit-elle; nous nous cacherons bien

— Pourquoi nous cacher?

— Dans mon intérêt, dans le tien, surtout.

Ils descendirent à pas lents vers la Marne. Sous une tonnelle, ils s'installèrent avec appétit, devant un plantureux déjeuner. La saine odeur de la cuisine de campagne se répandait alentour, sous les arbres déserts. Un petit chemin, tout au bord de la Marne, longeait cette guinguette, dont le lierre tapissait, aussi épais qu'un mur, la barrière de bois. Personne n'y passait, ce dimanche. Heureux de leur solitude, Mathilde et Pierre riaient de plus en plus. Pierre, sous la table, serrait une jambe de Mathilde entre les siennes, lorsque tout à coup un pas inquiet apparut, le long du mur. Un homme toussa d'une toux saccadée, dont le bruit aigre fit tressaillir Mathilde. L'oncle!... le vieux diable de Nézignan-l'Evêque!... Il était là, contre la tonnelle, à flairer sa nièce. Oserait-il entrer dans la guinguette?

— Pierre, murmura-t-elle, taisons-nous. Il me semble que...

L'homme avait précautionneusement ouvert la porte à claire-voie de la barrière. Il examina sans gêne, en tapant de la canne, les entours de la maison silencieuse, fureta sous les tonnelles, découvrant enfin, sous une voûte de lierre, les deux tourtereaux, qui ne bougeaient plus : il tressaillit de fureur. A l'émotion du péril, Mathilde aussitôt recouvra son courage, de même que Pierre, qui tournait le dos à l'oncle.

— En voilà une surprise!

— Et pour moi, donc! répliqua l'oncle. Que faites-vous là ?

Le maçon maugréait, prêt à fondre sur l'intrus. Mathilde l'arrêta :

— Ecarte-toi, Pierre. Ménage une bonne place à mon oncle; il déjeunera avec nous.

— Non!... Pas avec moi!...

— Non?... Eh bien! tant pis!... Si vous n'êtes pas raisonnable, je sais ce qui me reste à faire.

— Que peut-il vous rester à faire?...

— Vous asseyez-vous, oui ou non, mon oncle?

— Oui. Je vois bien : c'est à prendre ou à laisser. Vous seriez capable de vous livrer aux pires extravagances. Brigande!... Je déjeune donc ici!...

L'oncle remuait sa canne sur le sol avec fébrilité; ses yeux lançaient des regards de feu. Il accrocha son chapeau à une patère. Puis, une fois à table, il commanda en maître. L'aubergiste se divertissait discrètement de cette comédie du vieux, tombant à l'improviste sur sa maîtresse en partie de débauche.

Le déjeuner avait continué dans une amitié croissante. Mathilde, pour capter la bienveillance de l'oncle, se laissait parfois caresser les mains, comme par mégarde. Il proféra sans se départir de sa gravité, à propos de la société humaine, les théories les plus subversives, proclamant, ainsi que M. Jaume, l'autre célibataire, qu'il ne croyait qu'à la joie de sa carcasse, et qu'il ne redoutait pour ses péchés aucun châtiment, ni dans ce monde, ni dans l'autre. Pierre mangeait avec abondance, s'arrosait de tous les vins que, pour le griser, l'oncle faisait servir des terroirs les plus divers.

Après le café, ils voulurent, un peu fous, se promener sur la rivière, dans la barque de la guinguette. Mathilde se posa, non sans trembler, à la proue.. Pierre assis sur le premier banc, auprès d'elle, l'oncle sur le deuxième, les deux hommes manœuvrèrent des rames, en cadence d'abord; et la barque, balancée par les vagues, glissa rapidement. Par malheur, ils s'excitèrent à montrer chacun sa force et son adresse. La barque, déconcertée au milieu d'un remous, sauta par brusques révoltes. Mathilde, dans son épouvante, essaya vainement de rappeler ses serviteurs jaloux à la raison. Plus elle criait, plus ils accéléraient, par forfanterie, leurs mouvements contraires.

— Arrêtez-vous!... suppliait-elle. Je veux revenir au rivage!...

— Non, petite!... répliqua Pierre. Tu vas voir!... Que l'oncle me laisse ramer seul.

Il se dressa, ôtant sa veste pour avoir plus d'aisance. Mais la vision des brillants rivages, de la vaste campagne dorée, le troubla d'un vertige, au milieu de l'eau profonde qui le berçait, et sa tête, échauffée par tant de libations, lui parut aussi lourde qu'un roc. Il perdit l'équilibre : pour se rétablir, il sauta, pesa trop sur une jambe; avec une telle force que la barque se retourna soudain.

Des pêcheurs à la ligne observaient, depuis un quart d'heure, ces noceurs en goguette défiant sottement les caprices de leur rivière. Quelques-uns, dès que la barque eut chaviré, se précipitèrent à leurs secours, et l'aubergiste lui-même, qui redoutait, pour la renommée de sa maison, un drame de mort. Pierre savait nager : il aida l'oncle, croyant aider Mathilde, à se tirer des tourbillons de l'eau. Mathilde, soutenue d'abord à la surface par le flottement de ses robes, s'était ensuite accrochée au cou d'un de ses sauveteurs. Enfin, après des peines sans nombre, on les ramena tous les trois sur le rivage, où, de partout, s'était ramassée une foule curieuse.

— Nous voilà bien arrangés!... se désolait l'oncle Alcide, qui avait la superstition de la propreté sur ses costumes.

On les assista, par charité, jusque dans la guinguette. L'aubergiste alluma dans sa chambre un feu de bois. La porte close, ils se séchèrent avec bonheur. L'oncle gémissait toujours, mais un peu moins à mesure que Mathilde retroussait sa jupe.

Pierre, satisfait qu'on ne lui adressât aucun reproche, se plaignit, à son tour :

— Quelqu'un a dû secouer la barque, pour me noyer...

— C'est peut-être moi! ricana l'oncle.

— Ce n'est personne, mon Pierrot, intervint Mathilde. C'est de la fatalité!... Comment partirons-nous d'ici?...

— Ce soir, ma nièce.

— Quoi!... Vous restez encore avec nous, monsieur Alcide?

— Oui, Pierre. Je ne vous lâche plus. Nous rentrerons à Paris en voiture.

— Parfait, mon oncle. Et nous irons dîner à Saint-Mandé, chez M. Jaume, qui sera glorieux de nous accueillir. En voiture, le trajet par le bois ne durera pas une heure.

— Moi, je veux bien!... acquiesça Pierre, qui se promettait une prouesse de faire enrager son patron de maçonnerie par ses privautés avec Mathilde.

Le soir voilait à peine la campagne, rouge de soleil sous ses parures d'automne, lorsqu'ils partirent, aussi secs tous les trois qu'avant leur baignade. L'oncle, fatigué, s'assoupit, au dodelinement monotone de la voiture. Mathilde se renversa peu à peu, sur les coussins, entre les bras de Pierre. Sous le bois énorme, dont la feuillée accentuait encore l'obscurité de la nuit, les deux amoureux regrettèrent presque, joue contre joue, en un rêve de repos éternel, d'avoir à descendre au pavillon de M. Jaume.

Quelle stupeur chez celui-ci!... Bientôt, quelle allégresse!... Il recevait à l'improviste, des mains de son ouvrier et d'un retraité de la province, la proie d'amour qu'il guettait depuis si longtemps. Il n'avait un dîner que pour lui seul. Mais le fourneau était allumé : on ferait vite de tuer un poulet, de frire à la poêle des cèpes en conserve. Tous les quatre, de vaillante humeur, se mirent à l'ouvrage. L'oncle, qui retrouvait sa vivacité des jours de godaille à Nézignan-l'Evêque, dans les grangeots, se chargea de tuer la volaille, au fond du jardin. Pierre, dans la cuisine, alimenta le fourneau, lava les cèpes.

Mathilde, les manches retroussées sur ses bras roses, un tablier blanc aux reins, dressa le couvert. Elle tournait autour de la table, tantôt lissant la nappe fraîche, tantôt portant une assiette, un verre : déjà le maître de céans la taquinait. Elle, charmante d'hypocrisie, se dandinait lestement sous les chatouilles; dès qu'il s'approchait trop, elle s'esquivait d'un bond de gazelle. Une fois qu'il l'avait, par surprise, saisie à la taille, Pierre apparut brusquement sur la porte, et, tout en fureur, cria :

— Houp, là!... Patron!...

— Hein!... quoi!...

— Qu'est-ce que vous faites?...

— Est-ce que ça te regarde?...

Tandis que Mathilde, indifférente à la bataille des deux hommes, rangeait la table avec beaucoup d'art, M. Jaume marcha sur Pierre, le bouscula :

— Pourquoi me l'as-tu amenée?

— Ne me poussez pas!

— Es-tu son mari?

— Si je n'étais que ça!...

— Alors, tu m'as trompé?

— On passe la vie à tromper son voisin...

— Insolent!... Si je te flanquais à la porte?

— Elle me suivrait... Ah! mais non, ne me poussez plus!...

Ils se disputaient sourdement, vers le vestibule, lorsque, par l'extrémité opposée de la salle à manger, l'oncle rentra, son couteau d'une main, le poulet de l'autre. Il se haussait fièrement de toute sa longue taille, en disant :

— Me revoici. C'est pour vous, Mathilde, que j'ai travaillé. Moi, je n'ai pas faim.

— J'ai faim, moi. Je vous revaudrai ça, mon oncle.

— Ah! la rusée! la flagorneuse!... Vous devez me vouloir quelque chose?... Pourtant, vous ne me donnez jamais rien.

— Et que désirez-vous?

Il se pencha sur elle, montra ses dents très grosses, avec une expression d'avidité sauvage qui ridait sa figure et cachait à demi ses yeux.

— Un baiser... murmura-t-il.

Mathilde ne se reculait point. Il tressaillit d'une joie triomphante. Elle se laissa, pour la première fois, embrasser d'un cœur si soumis que l'oncle ne vit plus un moment, dans sa gloire, qu'un essaim d'étoiles, sur son front. Guilleret, il s'en fut dans la cuisine, en fredonnant. Les deux rivaux s'y querellaient encore. Ebahi qu'ils eussent, dans une fête pareille, l'idée d'une méchanceté, il les interrogea :

— Que vous arrive-t-il, mes amis?

— Rien!... clama M. Jaume. Si, pourtant. Suis-je le patron, moi?

— Sans aucun doute.

— Qui donc a amené Madame dans ma maison?

— C'est moi.

— Ah!... Tu mentais, Pierre. Je ne te dois rien. Va-t'en!...

— Non!... Je reste! Ou que Madame me suive!... Tant qu'elle commandera ici, c'est moi qui serai le patron!... Et si vous la touchez devant moi, gare!...

— Ah! Ah!...

M. Jaume, déconcerté par la résolution si ferme de Pierre, regarda le carreau, à ses pieds. Les autres, d'un même mouvement d'hostilité ou de dédain, lui tournèrent le dos. Alors, croyant par des clameurs dissimuler son humiliation, il brandit son corps énorme :

— Ces ouvriers sont les maîtres du jour!... Partout, ils mettent la révolution!... Tenez, il vaut mieux que j'aie du bon sens!...

Il n'osa plus, dans la salle à manger, taquiner Mathilde, autour de la table. Il secouait brutalement les chaises, attrapait les verres sur la nappe pour les reposer à leur même place. Désireux cependant d'éblouir ses convives par son luxe, il sortit du buffet tout un régiment d'argenterie, de cristal et de porcelaine. Puis, il descendit à la cave chercher les meilleurs vins.

Sur un signe de Pierre, on se mit à table. M. Jaume, qui avait passé une journée de paresse dans la paix de son jardin, mangea, but lentement, avec force méthode. En face de lui, Mathilde, un peu rouge, la gorge échauffée, fit honneur au repas, que l'oncle avait, en fin gourmet, surveillé pour elle. Dans sa pensée, le monde n'existait plus, que dans cette petite salle, brillante d'une lumière d'or, imprégnée des odeurs de la cuisine et des parfums du jardin. Par prudence, néanmoins, elle s'abstenait des excès de la table. Lorsque M. Jaume lui offrait à boire, il rencontrait toujours son verre plein. Pierre, lui, avait vidé le sien régulièrement. Aussi, le médoc et le bourgogne noyaient son estomac, battaient en torrent à ses tempes, dans son crâne dur. L'oncle, sous le poids de tant d'émotions et de fatigues, s'était endormi après le premier plat. Mathilde, inspirée par un sentiment de solidarité familiale, le souleva seule entre ses bras, avec tant de douceur qu'il put commodément se coucher sur un fauteuil, dans un coin.

— A présent, les liqueurs!... s'écria M. Jaume. A nous, les délices!... Puis, nous verrons..

Il glissa, pataud, auprès de Mathilde, de sa chaise sur la chaise de l'oncle. Pierre aussitôt remua ses paupières, pressa ses poings avec rage sur la nappe. Pourrait-il jamais remettre d'aplomb ses jambes brûlantes?... M. Jaume comptait l'avoir réduit à l'impuissance. Déjà, pour une menue caresse, il hasardait ses doigts vers le menton de Mathilde, lorsque Pierre, de toutes ses forces se redressa, et, voûtant son dos robuste, rugit :

— Patron!... Soyez convenable!...

— Ne bouge pas, toi!... Tu me casserais tout!...

— D'abord, écartez-vous de Madame!... Je veux que vous m'obéissiez!...

Quoique chancelant contre le bord de la table, Pierre s'avançait, têtu, les joues marbrées de pourpre, les yeux gonflés d'ivresse et de courroux. M. Jaume comprit que, si le brave Sébastien se bornait, en ses moments d'humeur, à des gesticulations et des paroles, ce maçon, au contraire, grossier, terrible, frapperait avec ses poings aussi bêtement qu'avec ses marteaux sur une pierre. Alors, d'une voix calme, il lui dit :

— Est-ce que cette femme t'appartient?

— Oui.

— Depuis quand?

— Depuis que je la connais. Il faudra désormais qu'elle vienne avec moi.

— Par exemple!... Vous ne protestez pas, Madame?... Je crois que je suis volé... Allons, Pierre, évitons les discussions superflues.

Pour montrer de la civilité, il reprit sa place. Pierre, par une imitation instinctive d'ouvrier et par politesse à l'égard de son patron, revint sur sa chaise. Mathilde n'aimait pas les batailles. En outre, si le bonheur de Pierre lui plaisait, à son corps autant qu'à son âme, elle appréhendait de fâcher en M. Jaume le protecteur, le créancier de son mari. Elle leva sa coupe de champagne avec entrain, et les deux hommes, en trinquant, se réconcilièrent. M. Jaume, en verve de générosité, offrit des cigares. Pierre, une fois de plus, se régala, mieux que dans un hôtel, puisque c'était aux frais de son patron. Mathilde reprenait à mesure ses manières de peuple, dans la simplicité du festin plantureux. Les coudes sur la table, elle éclata soudain de rire, avec ironie. Les deux hommes offusqués l'interrogèrent ensemble :

— De qui riez-vous?... Sommes-nous ridicules?

— Non, pas vous!... mon oncle!... Regardez-le.

Celui-ci, renversé sur le dossier de son fauteuil, la peau noiraude de son visage tirée comme celle d'un tambour, les bras ballants, dormait ainsi qu'un roi.

— C'est que je veux partir, reprit Mathilde. Il dormirait jusqu'à demain.

— Partir?... s'effraya Pierre.

— Dix heures sonnées, malheureux!... Que raconterai-je à la maison?

— Puisqu'il y a l'oncle!...

— Il ne jouit pas d'une grande autorité dans sa famille, et je ne veux pas perdre la confiance. Allons, debout!...

On eut quelque peine à réveiller l'oncle, qui ne savait plus où il se trouvait. Mathilde, à la hâte s'apprêta, M. Jaume lui tendant son manteau, Pierre son ombrelle. Vite, elle partit, la première. Sur la porte de la grille, M. Jaume essaya de l'embrasser. Mais Pierre, bourru, la défendait de sa vigilance. Et M. Jaume, penaud d'avoir encore tant dépensé pour rien, les regarda s'éloigner, tous bien d'accord, par l'allée déserte que de loin en loin des becs de gaz troublaient de leurs clartés. Au tournant, là-bas, vers Saint-Mandé, il les entendit bourdonner une chanson.

Le grand air, en effet, dissipait en eux les fumées de l'ivresse. L'oncle, qui s'était réconforté par un bon sommeil, saisit d'un élan Mathilde par le bras, et tel qu'un étudiant en noce, leva gaillardement la jambe, pour danser. Pierre, jaloux de montrer la même autorité, saisit Mathilde par l'autre bras : ensemble, puissamment noués, ils entonnèrent sans hésitation, à haute voix, la chanson qu'ils avaient bourdonnée tout à l'heure, et dansèrent en cadence un carnaval.

Comme tous les dimanches, une foule impatiente de rentrer à Paris, encombrait la gare. Les convives de M. Jaume y provoquèrent si obstinément du désordre que des grincheux se fâchèrent. Un agent dut intervenir, pour la paix de tout le monde.

— Allons, Messieurs et Madame!... Un peu de calme, s'il vous plaît!...

— De quoi?... lui répondit Pierre. Est-ce que tu viendras nous apprendre... ?

— Ne me tutoyez pas! Tâchez de mesurer vos conversations!...

— Vous aussi!...

— Tais-toi, Pierre!... suppliait Mathilde, à qui la crainte d'un scandale rendait la raison.

Mais Pierre, que l'oncle soutenait de son mépris envers l'agent, se buta dans sa malice.

— Que ce policier se taise, d'abord!... Moi, je suis un citoyen, un électeur!...

L'agent, à son tour, s'exalta, piqué dans son amour-propre, devant cette foule de Paris. D'une poigne arrogante, il s'empara des deux rebelles, et malgré leurs vociférations, les conduisit au poste de la mairie, tout proche. Quelques badauds, en accompagnant le groupe, plaisantèrent sournoisement la jolie dame, qui suivait ses hommes avec tranquillité.

Au poste, sur une table crasseuse, maculée d'encre et de cirage, le brigadier, un vieux bouledogue à moustache grise, jouait la manille avec ses subalternes. Il grogna d'être dérangé dans sa récréation. Ensuite, il condescendit, non sans peine, à écouter les explications des perturbateurs, que les agents, si glorieux de tenir une bourgeoise, ne consentaient pas à relâcher. Mais, à la voix grasse et rapide de Mathilde et de Pierre, le brigadier reconnut l'accent de la Flandre, son pays. Il eut pitié d'eux, par amour de leur terre commune, qu'ils humiliaient sottement, dans la vulgarité de cette arrestation. Après leur avoir adressé, ainsi qu'au vieux morceau du Languedoc, ses remontrances et ses conseils, il obtint de l'agent outragé leur pardon. Les trois camarades, en riant sous cape, sortirent. Cependant, ils marchaient en ordre, sans souffler mot, comme des écoliers en pénitence. A la gare, ils prirent le dernier train qui, selon l'habitude, était bondé de voyageurs. Pierre dut se caser dans un fourgon. Mais, à la Bastille, il se démena si violemment à travers la foule, qu'il put rattraper Mathilde dans l'escalier. Devant ses prétentions de capture définitive, l'oncle se récria :

— Croirais-tu, par hasard, débaucher à présent Mathilde chez toi?

— C'est à présent surtout qu'il me la faut, répliqua Pierre.

Celle-ci, leste, se pencha à son oreille et chuchota :

— Si tu continues, tu ne me verras plus.

— Ho, là!... Ho, là!... Bien vrai?

— Je ne suis pas libre, ce soir.

— Eh bien, embrasse-moi.

Elle lui promit, en récompense de sa docilité, tous les bonheurs prochains qu'il demande, et en l'appelant son frère, au milieu de la foule étonnée, elle embrassa les joues sonores du maçon comme du pain.

L'oncle avait déjà retenu un fiacre. Quelle volupté il éprouva de posséder seul enfin, dans une voiture presque invisible à travers la nuit bruyante de Paris, la femme dont le contact excitait chaque jour son être rajeuni!...

Il lui toucha timidement, une épaule, puis un genou. Comme elle ne se révoltait pas, il dit sa prière :

— Voyons, ma fille, comprenez-moi...

— Non. Vous êtes vieux!...

— Ne croyez pas ça. Si vous ne m'accordez rien...

— Taisez-vous, je n'ai pas peur!

— Même si je vous dénonce?

— Non!...

Elle lui abattit d'un coup de poing sa main inquiète, qu'il insinuait trop, autour de la taille. Il pleura. Sans s'émouvoir, elle lui fit honte :

— Vous ne pensez donc pas à la mère de Sébastien?

— Et vous?

— Maintenant, oui!... Le chagrin doit la dévorer.

— Ça m'est égal.

— Pas à moi. Si vous m'estimez un peu, cherchons ensemble quelle histoire nous pouvons lui raconter, pour nous disculper.

— Mon Dieu! je vous estime, et je ne veux pas qu'on vous sépare de moi.

— Nous arriverons bientôt. Cherchons une histoire.

— On n'a rien à vous refuser, Mathilde. Vous me laisserez parler devant ma sœur, si toutefois elle nous oblige à plaider notre innocence. Fiez-vous à moi.

Chez eux, ils montèrent à pas discrets, tremblants d'angoisse et de fatigue. Si mère Adèle était couchée, tout de même, que d'ennuis on éviterait!

La pauvre, depuis que la nuit était venue assombrir davantage son âme, dans l'appartement silencieux, elle ne cessait de prier Dieu. Ses soupçons de l'inconduite de Mathilde se précisaient en elle, plus redoutables que des murailles qui menaçaient la probité de son nom, et qui enfermaient son fils, elle-même, dans une misère, à jamais. Elle songeait peu à l'oncle Alcide, qu'elle avait tant de fois maudit, et dont elle avait trop souffert, pour en souffrir encore. Au milieu de ses hallucinations, elle n'avait pas le courage de gagner sa chambre.

La lampe, à demi-baissée, dans le boudoir, elle priait Dieu, lorsque la porte lentement s'ouvrit.

— Qui est là? s'écria-t-elle.

L'oncle, très doux, répondit :

— C'est nous autres... Mère Adèle s'était redressée, une main sur son cœur qui battait en désordre. L'oncle et Mathilde, penauds, fourbus, s'avancèrent.

— Enfin!...

— Ne t'inquiète pas, ma sœur.

— D'où venez-vous?

— O mère, ne nous grondez pas!...

Et Mathilde, bien qu'avec répulsion mère Adèle se fût

reculée, l'embrassa d'une étreinte sincère, en sanglotant. L'élan simple de sa tendresse et de sa grâce étourdit la bonne Adèle qui, dans sa candeur, ne pouvait pas croire au mal. Bouleversées toutes les deux, l'une par le repentir, l'autre par la pitié, elles se reposèrent côte à côte sur des chaises, pour gémir et pleurer. L'oncle Alcide, debout, tournant son chapeau entre ses doigts, racontait imperturbablement une histoire.

— J'étais allé me distraire dans le bois de Vincennes. Là, j'ai rencontré Mathilde avec l'ancienne amie de son atelier. Nous nous sommes promenés en bande autour du lac Daumesnil, pour faire prendre l'air à l'enfant de cette jeune dame, qui est bien comme il faut. Car l'enfant est en convalescence, n'est-ce pas, Mathilde?

— Oui.

— Alors, nous regardions nager les cygnes dans le lac, au-dessous de nous, lorsque le pont de bois, sous le fardeau d'une masse de curieux, s'est écroulé. Nous avons failli nous noyer, ma sœur.

— Est-ce possible!...

— Parbleu!... Alors, nous avons couru chez M. Jaume, à la lisière du bois, nous sécher. Seulement, j'avoue qu'il nous a gardés trop longtemps.

— Est-ce vrai, tout ça?

— Parbleu!... Nous n'en pouvons plus.

— Si tout ça est vrai, je le crois sans peine, que vous avez besoin de vous coucher... Allons, ma fille.

Mathilde, le mouchoir sur la bouche, ne bougeait pas, n'osait lever les yeux. L'horreur de ses mensonges, la crainte d'un châtiment, pénétrait plus profond dans son âme. Ingrate et lâche, elle frissonnait de douleur, aux consolations si généreuses de mère Adèle qui, peut-être pour l'honneur de sa maison, se laissait tromper. Elle la suivit doucement jusqu'à sa chambre, et de nouveau, avec passion, elle l'embrassa. La porte refermée, elle n'entendit plus, dans le silence de la nuit, que la voix mauvaise de l'oncle, qui regrettait d'avoir perdu son dimanche. Elle l'exécra, ce vieux, et parmi les choses de leur entourage, elle ne vit de laid que cette figure de paysan, que la vie de province avait remplie d'égoïsme et d'hypocrisie.

XV

Désormais, une inquiétude plus ardente agita la maison, mais sournoisement, sans bruit. Mathilde ne sortait plus qu'avec difficulté. Par tous les temps, dès qu'elle prenait son chapeau, mère Adèle prenait aussitôt le sien, pour l'accompagner. Celle-ci ne pouvait, en effet, s'empêcher de la chérir, à cause de sa gentillesse. Mathilde s'agaçait un peu de ses obsessions. Elle sentait pourtant le noble mobile de son affection, son désir maternel de la préserver des souillures de Paris et de la garder intacte pour son fils. Mathilde, dans le but de lui plaire, restait fidèlement auprès d'elle, aussi sage que la pensée le permettait. Sa pensée, malgré toutes les contraintes, vagabondait loin du foyer, comme l'oiseau qui, détruisant son nid, dès qu'il a des ailes, s'envole joyeusement au soleil, dans l'espace.

Sébastien rentra vers la fin d'octobre, après avoir en Languedoc dépensé beaucoup d'argent, pour acheter du vin de la récolte, et pour démontrer sa fortune aux grigous de son pays. Il revint chez lui plus robuste et plus jeune, avec une rage d'amour, qui d'abord réjouit Mathilde, et qui ensuite l'effraya. Il semblait la manger des yeux, observer au fond de sa conscience si elle l'aimait encore, autant que lui l'aimait. A brûle-pourpoint, il l'interrogeait, et parfois, elle se troublait, dans ses craintes nouvelles.

— Qu'as-tu fait pendant mon absence? disait-il. Tu ne t'ennuyais pas?

— Si... je restais chez nous, auprès de ta mère.

— Ma mère!... Sainte femme!... Mais mon oncle?

— Celui-là, par exemple!... Il me surveille comme un berger surveille son chien.

— Ah!...

Elle riait faux, avec une angoisse croissante. Sébastien l'embrassait à l'improviste, dans les coins d'ombre. Mais elle ne vibrait plus entre ses bras que par politesse. Elle avait peur. A table, il l'épiait ardemment, sans bouger de plusieurs minutes, sans proférer une parole.

Elle avait peur. Respirait-il, en cet appartement cossu où mère Adèle ne cessait de gémir, une atmosphère empoisonnée de suspicions? Ou peut-être, le souci de son commerce, dont les bénéfices ne fournissaient pas encore les ressources suffisantes aux deux ménages Baudois et Lampérie, aigrissait-il son caractère? Elle eut envie davantage de sortir, d'échapper aux reproches sournois d'une famille, qui menaçait le bonheur de son corps. Pierre l'accablait de lettres, qu'elle avait, malgré son entente avec la concierge, une peine infinie à dissimuler. Depuis le retour de Sébastien, elle se retenait de monter à Montmartre, chez le pauvre. Et son désir de recevoir de lui la joie d'amour, qu'elle ne comprenait que par leur sang de même race, s'irritait dans la privation.

Un jour, à déjeuner, elle annonça tranquillement son intention d'aller au Bon Marché, l'après-midi. Pierre, prévenu la veille par un télégramme, devait l'attendre dans sa chambre.

— A quelle heure iras-tu au Bon Marché? lui demanda Sébastien, sans le moindre accent de méfiance.

— Vers trois heures.

— Ne te fatigue pas trop.

— Non, mon chéri.

Après le café, il la baisa sur les lèvres avec la ferveur de chaque jour; elle, souriante, l'accompagna presque sur le palier, comme d'habitude. Il se rendit à son travail. Mais, à deux heures, repris par sa méfiance d'époux trop amoureux, il retourna dare dare chez lui.

Mathilde venait à peine de quitter la maison.

Dissimulant toute inquiétude, pour ne pas alarmer sa mère, Sébastien courut dans sa chambre, sous le prétexte d'y prendre un mouchoir. Avide de découvrir quelque secret de son épouse, il procéda véritablement à une perquisition. Il vida les tiroirs de la commode, du chiffonnier : en vain. Le front mouillé de sueur, il sortit dans le vestibule. Il tremblait d'anxiété, lorsqu'il avisa, suspendu à une patère du porte-manteau, le réticule que Mathilde, dans sa précipitation, avait oublié. Réticule précieux, où il avait seul le privilège de fouiller sans indiscrétion, parmi les menus trésors coquets de la femme. Le réticule ne contenait que des clefs et une lettre. Il eut tôt fait de parcourir cette lettre, papier graisseux, où Pierre se prétendait, par frime peut-être, sans aucune ressource, et informait Mathilde qu'il l'attendrait chez lui jusqu'au soir. Sébastien, à cette lecture, rougit de honte et de colère. Mais, se roidissant sur ses jambes courtes, il descendit dans la rue, sans même dire bonjour à sa mère. Vite, il prit un fiacre et, au galop, se fit conduire à Montmartre.

Là-haut, rue Germain-Pilon, il aperçut Mathilde montant à pied la chaussée humide. Il sauta du fiacre, paya largement le cocher. Puis, tel qu'un fou, il bondit sur sa femme, qui se détournait à l'instant, suffoquée de surprise.

— Que fais-tu là? s'écria-t-il.

— C'est toi!... C'est toi!...

— Où vas-tu?

— Mais... revoir la rue Lepic!

— C'est ici, rue Germain-Pilon, que Pierre demeure. Tu sais bien que je ne peux pas l'ignorer!...

— Bon!... et après?

— Cette lettre!...

— Ah!... Donne!...

— Tu l'avais dans ton réticule. Pourquoi?... Pierre te fixait un rendez-vous?...

— Ce n'est pas vrai!...

— Oh!... Tu vas me raconter une histoire!... Mais n'essaie plus de me tromper. Je devine tout!...

Pendant que Sébastien dépensait son esprit en cris de douleur et de menace, Mathilde, au contraire, recouvrait son courage tranquille. La clarté d'amour et de domination brillait de nouveau dans ses yeux d'azur, sur son front blanc qu'ornaient en mèches folles les cheveux d'or.

— Pourquoi, mon chéri, dit-elle, veux-tu que je renie cette lettre?... D'abord, descendons la rue. Ça vaudra mieux pour causer.

— Non!

— Si!...

Elle l'entraînait par le bras. Afin d'éviter le ridicule d'une querelle au milieu de la rue, il céda soudain, en épiant Mathilde de si près qu'il respira, malgré lui, le chaud parfum de sa gorge. Elle affectait déjà un air d'autorité.

— Réfléchis, que diable!... Qu'est-ce qu'il y a dans cette fameuse lettre?... Il y a que Pierre a besoin de moi. J'allais donc chez lui par charité. Il est malade, ou il doit chômer, congédié sans doute par M. Jaume, qui ne ménage plus rien parce qu'on ne le rembourse pas.

— Pardon!... M. Jaume n'a jamais demandé à être remboursé : il ne le demandera jamais, parce qu'il sait que son argent ne risque rien chez nous...

— Tant mieux.

— Et puis, je ne vois pas la relation qu'il peut y avoir entre M. Jaume, nous et Pierre.

— Moi, je la vois. C'est que Pierre est notre ami. M. Jaume croit, en l'humiliant, nous humilier du même coup.

— Il aurait tort... Mais, voyons, tu devais aller au Bon Marché! Il me semble que tu n'es pas sur son chemin!...

— Il me semble aussi... Je t'ai expliqué. N'insiste pas.

— Tu as donc menti à la maison!

Oui, j'ai menti. Et voici pour quel motif : depuis quelques jours, tu n'es plus le même avec moi. Tu lambines, tu rêves... C'est pour ne pas te tourmenter d'un souci inutile que je me cachais.

— Quand on se cache, c'est pour commettre le mal.

— Hein!... Tu me soupçonnes?... Si je dois être soupçonnée, je...

— Tu veux dire que tu m'abandonnerais?... Crois-tu que je te laisserai filer?

— Pourrais-tu m'en empêcher!...

Sur le boulevard de Clichy, dont le bruit des charrois et

de la foule emportait leurs paroles, ils parlaient haut, sans retenue. Pourtant, à l'arrogance de Mathilde, Sébastien devint pâle, balbutia :

— Je t'aime trop... Je t'aime au point de te pardonner... de croire en toi en ce moment même... Allons ensemble chez Pierre.

— Non, ça, c'est de la ruse... Tu veux m'espionner.

— Mon Dieu, non. Après tout, je pense que tu as assez de coquetterie, de respect de toi-même, pour ne pas te commettre avec un maçon.

A cette riposte imprévue, qui la blessait dans l'orgueil de son corps, elle pinça les lèvres. Puis, après qu'ils eurent traversé la chaussée, elle bougonna :

— Quelqu'un doit te monter la tête!

— Qui ça, mon Dieu?

— Tu ne serais pas si méchant...

Mathilde, gagnée à son tour par le mal des soupçons, s'imaginait, dans le désarroi de ses sens brusquement déçus, que Léon, pour se venger de son dédain, pour rejeter loin d'elle Pierre, le rival bienheureux, avait, sinon dénoncé l'adultère dont il ne pouvait, en somme, rien connaître de précis, du moins insinué la possibilité du crime d'amour. Et, légère de conscience, elle s'attacha perfidement à perdre leur associé dans l'estime de son époux.

— Oui, reprit-elle, quelqu'un te monte la tête.

— Est-ce que je suis un enfant?

— Oui!... Léon nous persécute dans notre bonheur...

— Léon!... Ce n'est pas vrai!

— Demande-lui s'il ne me persécute pas, moi, parce que je ne cède pas à ses fantaisies.

— Ah! bah!... Tu plaisantes?

— Hélas! non... Mais, marche. Je t'instruirai, puisque tu ne sais rien voir. Les Baudois, c'est un couple de faux amis. Ah! si je pouvais tout dire!...

— Dis tout!...

— Non, je ne suis pas méchante, moi.

Elle marchait avec une allure de bravoure, qui faisait se retourner du monde. Sébastien, malgré son trouble, la suivait docilement : de plus en plus, il la caressait...;

— Renseigne-moi, si je dois me méfier...

— Je te crois, que tu dois te méfier!... D'abord, qu'il surveille sa femme!...

— Sa femme?

— Parbleu!... Quant à moi, Léon me cherche, je l'ai toujours remballé. C'est de lui que tu as à craindre une trahison, non pas de Pierre!...

— Allons donc!... C'est une calomnie.

Sébastien balançait ses grands bras, se grattait la nuque, sous l'aile du chapeau de soie, où le sang le démangeait. Mathilde, d'une tape sur l'épaule, le ranima, et de nouveau l'entraîna, plus violente en son défi.

— Allons au magasin tout de suite!

— Mais oui! Pourquoi pas?

— Tu te faufileras, sans qu'on s'en aperçoive, dans notre cabinet directorial, tu te cacheras derrière la tenture... Et je te parie que tu vas assister à une jolie scène. Je pense qu'alors tu seras édifié.

— Est-ce donc possible, mon Dieu!...

Sébastien, avec agitation, cherchait inconsciemment dans sa poche, une arme, quelque moyen de défense. Les yeux hagards, il suivait sa femme d'un pas machinal, sonore, qui bousculait les gens, sur le trottoir.

Léon, comme si la Providence eût daigné servir les Lampéric, n'était pas encore rendu au magasin. Vite, ils se faufilèrent dans le cabinet directorial. Mathilde, sur le fauteuil paresseux, prit un journal et vainement essaya de lire. L'appréhension du danger où elle s'était mise, en nuisant par un mensonge à ce Léon dont elle savait pourtant bien repousser les avances, tourmentait son esprit. Sébastien, les coudes sur la table, ne parvenait guère à s'intéresser à son courrier. Un poids énorme lui pesait dans la poitrine, sur le cœur, à la pensée que sa femme attirait le péché fatalement, comme un fruit mûr le ver hideux et mortel. Ils s'épiaient de temps à autre, sans dire mot. La première, elle murmura :

— Quand tu seras caché derrière la tenture, il ne te faudra point bouger du tout, jusqu'à ce que je t'appelle.

— Je n'y verrai rien, par exemple... Elle est si épaisse.

— Tu n'as pas besoin de voir. Tu entendras, et ce sera suffisant.

Sébastien, au moindre bruit, tressaillait sur son fauteuil de bois. Tout à coup, Mathilde, qui ne perdait guère son assurance, reconnut le pas de Léon dans le magasin.

— Le voici!... dit-elle. Cache-toi!...

D'un bond, Sébastien s'enferma dans l'ombre de la tenture qui, derrière la table de travail recouvrait d'un mur à l'autre une espèce de garde-robe, où les deux associés suspendaient leurs pardessus. Mathilde froissait son journal fiévreusement, entre ses mains dégantées. La porte s'ouvrit avec lenteur. Et Léon parut, toujours beau de prestance, une cravate rose, la barbe parfumée. Il salua, ravi de son aubaine.

— Vous êtes là, madame?... Hé, bonjour!

— Bonjour. Sébastien m'a donné rendez-vous ici. Il rentrera dans une heure.

— Ah! ah!

Léon, un moment d'anxiété, tourna devant la femme. Puis, brave, il ferma la porte à clef, cric! crac!... et se frotta les mains. Mathilde, patiente en ses ruses, lisait le journal, sans révéler une émotion. Etonné qu'elle ne protestât point contre son audace, il la considéra longuement. Il regarda les murs, la tenture immobile, soupira d'un malaise. Mais le désir d'amour l'aveuglait. Très doux, il s'approcha de Mathilde ; d'une voix qui tremblait un peu, il demanda:

— Nous sommes seuls ?

— Oui.

— Eh! bien, vous savez ce que vous m'avez promis ?

— Oh!... Allons, allons!... Ne soyez pas enfant.

Il l'effleura des poils fins de sa barbe, il se mit à genoux, et aussi naïf que Pierre dans sa jeunesse et sa sincérité, il la supplia :

— Vous savez bien que je vous aime!...

Tandis que Mathilde, pour l'écouter mieux, rejetait son journal sur le tapis, Sébastien écartait un pan de la tenture avec prudence : béant d'épouvante et d'horreur, il regarda, non sans courage, dans la clarté blanche des lampes électriques, ce vieux Léon qui proférait ses prières d'amour, Mathilde qui le repoussait de ses mains brillantes.

— Mathilde!... Je vous aime!... Vous ne me répondez rien ?

Sébastien n'y tint plus. Brutal, il écarta la tenture. D'un bond, tout son corps trapu ramassé comme celui d'une bête, il se précipita jusqu'au delà de la table, pour protéger Mathilde et menacer son malfaiteur, qu'il n'osa toucher cependant :

— Arrière! Arrière!... Si je pouvais, je te tuerais, monstre!...

Léon se redressait, pâle de confusion. Comprenant que Mathilde, de concert avec son époux, avait comploté sa perte, il se tirait les poils de la barbe avec dépit, furieusement. Si sûr de lui-même d'habitude, il se réfugia de l'autre côté de la table, que Sébastien frappait de ses poings.

— Monstre, tu me trahissais!

— Pourquoi, Sébastien, cette comédie ?

— Une tragédie, tu veux dire!... Tu m'en rendras raison! Tu ne nieras pas, je suppose ?

— Il vaut mieux que je ne te réponde pas.

— J'ai tout entendu!...

— Pourtant...

— Il n'y a pas de pourtant. Nous ne pouvons plus rester associés.

— C'est peut-être ce que tu cherchais ?

— Non!... J'avais en toi la confiance la plus absolue!...

Mathilde s'alarma des complications de la bataille, qui pouvaient devenir funestes à ses intérêts. Elle saisit la main de son époux, avec force, et lui dit :

— Ne crions pas ainsi... Léon ne recommencera plus.

— Hé!... Je m'amusais, parbleu! madame!... Quelle colère, Sébastien!...

— Tu as de l'aplomb!...

— Ne crie pas si fort!...

— Tu apprenais à ma femme le... le... le vice!...

— Hum!...

— Quoi!... Elle a peut-être cédé à tes fantaisies, vantard!

— Je te laisse dire : tu ne comprends pas.

Léon gagna doucement la porte. Pendant que Sébastien, sans même le frôler de sa redingote, l'accablait de nouvelles invectives, il fit tourner la clef dans la serrure.

— Dès demain, monsieur Baudois, nous n'aurons plus rien de commun.

— A ton aise, Sébastien ; mais n'ameute pas la maison avec tes clameurs!

Léon allait s'échapper, lorsque Mathilde l'arrêta :

— Restez ici!... Il s'agit de s'entendre, que diable!...

— En quoi ?... se récria Sébastien, abasourdi.

— Toi, mon chéri, tu as raison, en tout et pour tout. Vous ne pouvez vivre associés, c'est entendu. Seulement, je vous en conjure, sauvons les apparences. Il ne faut pas, chez nos voisins, chez nos employés mêmes, exciter un mépris qui nous atteindrait tous... Sortons d'ici, par conséquent, comme d'habitude, dans le plus grand calme.

A ces mots, les deux associés se dévisagèrent, en silence. Ils regardèrent avec admiration Mathilde, qui, debout maintenant, les séparait.

— Soit!... dit Sébastien, sortons d'ici comme d'habitude.

Ils traversèrent le magasin gravement, à la queue leu leu, Sébastien le dernier, en maître. Sur le boulevard, dans les ruissellements de la foule, ils n'échangèrent pas une parole. Dès la rue Montmartre, Léon s'esquiva, saluant d'un « bonsoir » bourru.

Les Lampéric trouvèrent Mme Baudois chez eux, dans le boudoir, auprès de mère Adèle. Ils durent, non sans ennui, l'informer de la rupture définitive de l'association et de ses causes infâmes. Berthe demeura d'abord déconcertée, sans geste, sans voix, devant le malheur qui lui arrachait à l'improviste ses privautés d'amour de plus en plus précieuses. Puis, offensée que Mathilde affectât, contre toute justice, tant de pudeur et de délicatesse, elle siffla d'indignation, comme une vipère. Et, s'élançant sur sa rivale, trop belle et trop heureuse, elle la souilla de reproches de perfidie, de dénonciations d'adultère. Mathilde, le poing levé, aussi hardie qu'un homme, riposta par des accusations précises qui, surprenant Sébastien et son oncle, tournèrent davantage contre cette Mme Baudois, déjà si laide et si hargneuse. Pourtant, ceux-ci au risque de recevoir des coups, séparèrent les deux femmes. Ou plutôt, ils essayaient de leur mieux, lorsqu'au plus fort de la mêlée, le timbre de l'entrée sonna.

Il y eut un moment de répit, un silence morne, où l'on entendit mère Adèle sangloter dans un coin.

M. Jaume entrait, toujours gaillard, vêtu de ses habits de campagne. Depuis longtemps, on n'avait plus de ses nouvelles. Croyant qu'on languissait après lui rue Chauchat, il venait bravement s'inviter à dîner, en famille. Mais, à la vue de tout ce monde remué par l'orage, il laissa de stupeur tomber ses bras. Néanmoins, il s'avançait, confus, tapant de la canne. Mathilde, la première, lui tendit la main. Sébastien, l'oncle, répondirent à son salut, avec un effort d'amitié. Mais, parmi le désordre nouveau, Mme Baudois, qui frissonnait d'angoisse au contact du rentier, s'insinua lestement derrière son dos et, furtive, décampa. M. Jaume, aussitôt, s'aperçut de sa disparition.

— Où est passée Mme Baudois ? Est-ce qu'elle ne veut plus rien me dire ?

— Elle est partie, répliqua Sébastien. Elle a bien fait.

— Pourquoi ça ?... Et pourquoi avez-vous tous cette mine d'enterrement ?

Sébastien le toisa d'une méfiance farouche. Attrapant un des boutons de sa veste, pour le secouer terriblement, il lui dit :

— Savez-vous de quoi on vous accuse ?

— Moi ?

— D'avoir attiré chez vous ma femme !

— Moi !... C'est trop bête !... Qui m'outrage ainsi en mon absence ?

— Mme Baudois.

— Je m'en doutais... Je sais bien pourquoi elle me déteste.

— Et pourquoi ?

— Je ne peux pas le dire.

— Savez-vous de quoi on vous accuse encore ?

— Non !... Voyons ?...

— D'avoir, chez vous, débauché Mme Baudois !

— Ah bah !... Qui invente ça ?

— Ma femme !

— Oh ! oh !... Sapristi !... Mme Lampéric a dit ça, j'en suis sûr, pour se venger de Mme Baudois. Tout ça, voyez-vous, ce sont des zizanies de femmes qui, demain, seront d'accord... Dites, Madame Lampéric, vous avez parlé en l'air, je suppose ?

— Ma foi, répondit Mathilde, qui étouffait d'inquiétude, je n'ai rien inventé, non ! C'est Mme Baudois qui, devant moi, s'est glorifiée de la chose : je la répétais, tout bonnement.

— Eh bien, non, ce n'est pas vrai !... D'abord, un homme de ma sorte n'a pas à se disculper, Madame !...

— Oh ! nous savons à présent qu'elle est une menteuse.

— Une triple menteuse, oui, une vantarde, comme son mari !... Je suis un brave homme, moi, un vieil ours retiré du monde, et de toutes ses fariboles, qui ne me tentent plus !... Allons, les amis, est-ce que vous me chassez ?

— Non !... répondit Sébastien, qui tenait à ménager son créancier.

— C'est bon, je reste !...

M. Jaume s'asseyait, la canne entre les jambes, auprès de Mathilde, lorsque la bonne annonça que le dîner était servi. On passa lentement à table, sans dire mot. Mathilde eut le courage d'offrir son bras à mère Adèle, qui, avant d'accepter, l'observa une seconde d'anxiété.

Quel dîner maussade ! On mangeait peu ; on soupirait de fatigue, après chaque conversation, si courte. Mathilde évitait les yeux sournois des hommes, et sentant au cœur le vent d'une misère prochaine, un sentiment d'inquiétude la déchirait. Mère Adèle n'osait lever le front, de crainte, si elle rencontrait le visage de sa bru, de s'abandonner encore à son indulgence invincible envers cette enfant, dont elle rencontrait la gentillesse et la beauté. Elle n'osait regarder que son fils, le pauvre Sébastien, qui s'était perdu dans les rêves de Paris. Une fois, dans un éclat de désespoir, elle gémit :

— Je l'avais prévu, Sébastien, il nous faudra retourner à Nézignan-l'Evêque.

— Non, ma mère !... protesta Sébastien, blessé dans son orgueil. A Paris, il y a toujours du travail, des ressources... tandis que là-bas...

— Bien sûr !... opina gravement M. Jaume, Là-bas, c'est un pays d'arriérés et d'endormis. N'est-ce pas, Madame Lampéric ?

— Je le crois, acquiesça celle-ci. Sébastien a raison, mère. A Paris, on se débrouille toujours.

— Toi, ma fille, je ne sais guère comment tu gagnerais ta vie.

— Certainement !... Quand vous voudrez !

L'oncle, pour soutenir Mathilde, déclara :

— Moi, je reste à Paris, malgré tout, ma sœur.

— Tu veux dire que, toi aussi, mon frère, tu n'auras jamais de bon sens.

Mère Adèle, s'étant levée seule, se traîna dolemment dans le boudoir. Tous les convives, en silence, l'y suivirent. Mathilde, effrayée par l'hostilité profonde qu'elle lui marquait pour la première fois, eut le sentiment douloureux de sa faiblesse et de sa dépendance entre les mains de bourgeois sans argent, qui l'accuseraient bientôt de leur misère.

Dans le boudoir, Sébastien ne cessa de la regarder fixement, avec chagrin. M. Jaume ne s'assit pas auprès d'elle, comme d'habitude. Seul, l'oncle Alcide, infatigable en sa galanterie, lui offrit du sucre, de la liqueur. Mais l'oncle lui répugnait toujours, parce qu'il était vieux. Elle songea, pour se consoler, à Pierre, l'homme de son temps et de sa race.

XVI

Depuis un mois, on procédait à la liquidation du magasin, boulevard Poissonnière. Trois seulement des vingt employés avaient été retenus, pour aider Léon et Sébastien dans leur besogne.

Ceux-ci, corrects, n'échangeaient que les paroles indispensables au règlement de leurs affaires. Aucune contestation, soit par amour-propre, soit par crainte d'un procès, ne s'élevait entre eux.

Ils apportaient un soin minutieux à n'évoquer de la moindre allusion les causes du conflit qui les séparait à jamais, ils le croyaient du moins. Chaque jour, ils constataient avec stupéfaction quel imbroglio obscurcissait leurs livres de commerce. Honnêtes, après tout, et talonnés par leurs créanciers, même par M. Jaume, lequel, en particulier, promettait à l'un aussi bien qu'à l'autre, de leur prêter secours, au lendemain de leur liquidation, ils ne trouvèrent d'argent liquide que dix mille francs, plus le matériel que le propriétaire du magasin accepta de garder jusqu'à ce qu'ils l'eussent revendu, dans les trois mois restant du bail. Ils avaient goûté au grand commerce de Paris, mais ils payaient très cher l'expérience. Loin de s'accuser d'impéritie, ils incriminaient l'incapacité de leurs employés, l'indolence de leurs courtiers, surtout la bêtise du public. Léon ne possédait chez lui que dix mille francs, appartenant en vérité à sa femme. Sébastien, outre la rente de son oncle, dont celui-ci ne consentirait jamais à se détacher, ne possédait pas plus de trois mille francs. Maigres pitances pour d'aussi gros mangeurs. Mais ils ne désespéraient pas de leur sort ; ils comptaient sur la place de Paris, tromper les autres, après s'être trompés eux-mêmes.

C'était leur dernier soir de communauté. Les trois employés, au moment de leur départ définitif, leur avaient serré la main avec une cordialité sincère. Une bougie brûlait sur le bureau-caisse, dans l'ombre que les volets, cloués sur la vitrine, rendaient lugubre. Le boulevard grondait de son torrent, comme au long d'une caverne. Une émotion de chagrin les saisit ardente, de quitter, à leur tour, pour jamais, ce magasin imprégné de tant de souvenirs et de tant de rêves. Léon, triste, sa barbe tombant flasque sur sa poitrine, considéra patiemment le petit homme trapu, qui portait avec peine, sous le gibus, sa tête énorme et pâle. Ils poussèrent un soupir. Sébastien, parce qu'il était le plus jeune, condescendit à rompre le silence :

— C'est fini, Léon... Garde les clefs.

— Oh !... si tu les veux ?

— Je te les offre en toute confiance.

— C'est bien.

Léon tendit une main, malgré son appréhension que l'époux outragé refusât de la prendre. Mais il rencontra celle de Sébastien, qui la tendait aussi.

— La chair est faible, murmura Léon. Tu as une femme trop belle.

— N'évoquons plus cette affaire.

— Tu as raison. Ta femme, d'ailleurs, n'a pas épargné la mienne. Ce sont des enfants.

— Ne les imitons pas. Séparons-nous bons amis... Je te souhaite meilleure chance.

— Sois heureux !...

Sébastien franchit le seuil agréable, et ce fut avec souffrance que, sur le trottoir, ils délièrent leurs mains. Léon referma la porte. Il descendait vers la rue Montmartre, lorsque, malgré lui, il leva la tête, pour revoir encore le petit Sébastien, qui s'éloignait en titubant, plus désolé que lui-même. Cela lui fit plaisir.

Hélas, il traînait beaucoup de misère, Sébastien. Son loyer lui coûtait cher. Mère Adèle gémissait du matin au soir ; Mathilde se plaignait de l'infortune où elle s'était fourvoyée ; l'oncle ne pensait qu'à s'amuser, seul, dans les cafés du boulevard. Chez lui, il trouva sa femme en train de dresser le couvert, avec l'aide de l'oncle, tandis que mère Adèle, dans la cuisine, soignait le fricot. Aucune bonne ne daignait les servir, depuis qu'ils avaient été contraints de diminuer les gages.

Il pénétra dans la salle à manger, vers Mathilde, dont

le désir qu'il en avait toujours, il faisait supporter les rebuffades.

— Bonsoir, ma chatte, lui dit-il. Notre liquidation est enfin terminée.

— Je m'en fiche, répondit-elle, sans se détourner. C'est à l'avenir qu'il faut songer maintenant.

— Nous verrons ça demain.

— Toujours demain !...

Il lui prit la taille, si souple en sa vigueur. Il la respirait sur la nuque, lorsque soudain, dégageant son visage, qui sous un flot de lumière brilla comme une rose, elle le repoussa :

— Laisse-moi !...

— Pourquoi? Est-ce que tu souffres de quelque chose!

— Parbleu. Nous n'avons plus de bonne. Il faut que nous nous servions nous-mêmes.

— N'y étais-tu pas habituée ?

— Non.

— Tu as du toupet !

— Si je me suis mariée avec toi, c'est que tu m'avais promis le plus large bien-être.

— Nous traversons une épreuve, que veux-tu...

— Allons donc !... Tu es un incapable !...

Il hésitait, dans sa détresse, à se défendre. Elle ajouta, soufflant de mépris entre ses dents aiguës de jeune animal cruel.

— Tu es incapable, même d'avoir des enfants !...

Il tressaillit de colère, sourdement. Après que l'oncle, pour ne pas se compromettre, s'échappait aux menaces de l'orage, il gronda de douleur, de fierté à la fois :

— Tu m'outrages... Pourtant, si je suis ruiné, c'est à cause de toi.

— Oui ! Tu m'obliges à vivre avec des vieux !...

— Je te comprends. Tu veux te séparer de moi, à présent que je n'ai plus le sou !...

Mathilde, surprise, s'éloigna de l'autre côté de la table. La perspicacité de Sébastien lui donnait à réfléchir, tout à coup. Elle voulait bien le presser à la recherche de quelque argent, et insinuer déjà, dans le cas où il n'en trouverait point, ses intentions d'une rupture. Mais elle avait horreur de jeter, dans les tourbillons de Paris, son corps que le bonheur avait rendu pusillanime.

— Tu ne me réponds pas ? insista Sébastien...

— Que répondre ?... Nous sommes aigris ; parfois un mot dépasse notre pensée... Tout cela m'afflige autant que toi.

— Aimons-nous donc. Notre destinée s'arrangera mieux.

Comme elle demeurait immobile, avec un air d'obéissance, il ouvrit ses bras généreux, pour la prendre aux épaules : il la baisa aux joues. L'oncle Alcide portant les verres, et mère Adèle le fricot, entraient dans la salle à manger. Devant la bonne harmonie des deux époux, l'oncle plaisanta :

— Hé ! Hé ! Ne vous gênez plus !...

La mère elle-même souriait de contentement. Le dîner s'accomplit dans une douceur discrète ; on parlait peu, à cause du deuil de l'argent. Pour soulager la mère, qui était lasse du travail de son ménage, Mathilde à plusieurs reprises se leva de table, ôtant les plats et les assiettes, donnant le dessert. Elle se coucha, ce soir, avec une humeur de bonté, qu'elle n'avait pas ressentie depuis longtemps. Sébastien se laissa tromper par ses complaisances, et dispos à l'aimer, il se consola entre ses bras de la méchanceté des choses.

Le matin, vers huit heures, mère Adèle partit pour le marché. L'oncle balayait la cuisine. Mathilde, en compagnie de Sébastien, nettoyait le salon, dont les fenêtres restaient closes, afin que les voisins ne pussent soupçonner leur déchéance. Cependant, elle éprouvait, depuis son lever, le besoin d'aller au grand air respirer de la vie et de la liberté, parmi les êtres heureux et bien portants du monde. Une fois qu'elle heurtait, un peu par taquinerie et par ruse, Sébastien de sa croupe dodue, elle parut avoir une inspiration soudaine et généreuse de salut ; elle lui dit :

— Pourquoi n'irions-nous pas, mon chéri, demander un emprunt à M. Jaume ?

— Un service à ce gaillard-là !... Mais tu es folle !...

— Pas du tout.

— Il nous le ferait payer trop cher, son service, et sur toi-même !

— Voyons, Sébastien, tu ne m'as pas regardée : ai-je une tête en poire, en poire pour M. Jaume ?

— Certes, non !... Mais...

— Allons, calme-toi, tu as tort.

Il l'empoigna rudement contre sa poitrine, avec une peur de la perdre, si désirable qu'elle était ce matin, dépeignée par la nuit d'amour et de sommeil, la gorge demi-nue dans le corsage du peignoir. Elle l'amusa de caresses, afin de l'amadouer, ainsi qu'avant leur mariage. Mais il ne céda point à son idée diabolique d'aller, chez le diable même, offrir les tentations de sa beauté.

— Eh bien, repartit-elle, j'irai cet après-midi me promener aux Champs-Elysées.

— C'est ça. Tu m'accompagneras jusqu'à la Concorde. Car je vais moi-même à la Chambre, voir notre député si influent de Nézignan-l'Evêque.

Ils continuèrent d'essuyer les meubles avec leurs torchons. Mathilde, en dessous, souriait de malice. Si Sébastien croyait que pour lui plaire, elle abandonnait son dessein de courir à Saint-Maudé pour un emprunt !... Nigaud de Sébastien !... D'ailleurs, elle se proposait glorieusement de passer de nouveau, intacte et souveraine, à travers les convoitises de M. Jaume.

Après déjeuner, les deux époux sortirent donc ensemble. Mathilde, bien sage, accompagna Sébastien jusqu'à la Concorde. Puis, seule, à peine atteignait-elle les Champs-Elysées, qu'elle songea uniquement à ses affaires. Tout à l'heure, sa concierge lui avait remis, en cachette, une lettre chiffonnée, à l'écriture pâle et tremblante de Pierre. Sous les marronniers déserts, elle en déchira l'enveloppe, et lut. Pierre lui annonçait qu'il se trouvait au lit, malade, à la suite d'un accident ; il la suppliait de monter à sa chambre, ne fût-ce qu'une minute. Elle frissonna d'étonnement et de douleur. Pauvre Pierre, sans ressources peut-être, plus à plaindre qu'elle-même !... Elle hésitait pourtant à monter chez lui : non qu'elle défaillait une seconde dans la bonté de son cœur ; mais elle craignait de se laisser trop émouvoir par le malheur de Pierre et de s'attacher à lui pour toujours.

Elle marcha vers la rue Royale d'un pas précipité. Les passants cossus, dont les hommages la flattaient ou la divertissaient d'habitude, l'agacèrent bientôt de leurs frôlements et de leurs sourires. Le sol frémissant de Paris, dans le tapage de la foule, lui brûlait les pieds. Elle prit un fiacre, et risquant toute aventure, se fit conduire rue Germain-Pilon.

Pierre, à sa démarche vive sur le palier, la reconnut.

— Entre !... Entre !... lui cria-t-il.

Elle s'élança dans la chambre, vers la pénombre où le maçon était couché. Elle l'embrassa violemment, et presque allongée auprès de lui, demanda :

— Qu'y a-t-il donc, pauvre vieux ?...

— Ça ne va pas...

— Toi, si robuste !...

Pierre remuait malaisément les épaules, les bras, hors des couvertures. Son visage bilieux, hérissé d'une barbe courte, décelait une fatigue et de l'ennui. Elle, sans répugnance, le baisa sur les joues à plusieurs reprises, avec une bonté qui croissait à mesure qu'elle respirait son odeur familière. Elle traîna l'unique chaise au chevet, pour s'asseoir, et observant à la dérobée le carreau poudreux, la couche si modeste, une bouteille de vin sur la table, auprès de la cuvette remplie d'une eau sanglante, elle dit :

— D'abord raconte-moi ton malheur.

— Ça m'est arrivé avant-hier soir. Nous quittions le chantier, lorsqu'une poutre de l'échafaudage est tombée sur moi, en m'écrasant l'épaule.

— Oh !... Tu pouvais te tuer !... Quelle épaule ?

— La droite... Tu ne m'aurais plus vu. Je ne t'aurais plus embêtée.

— Tais-toi... Est-ce que j'ai tardé à venir?

— J'hésitais à t'écrire, tu comprends. Je craignais de t'attirer des ennuis.

— Bah ! ils n'ont plus le sou !...

— Eux, si riches !...

— Ils se croyaient riches. Mais, ne parlons pas inutilement. Qu'as-tu au juste ?

— Je n'en sais rien : l'épaule démolie, la tête en feu.

— Le médecin est venu ?

— Quel médecin?... Je ne suis d'aucun syndicat, d'aucune société. Je suis tout seul...

— Pas encore.

— Il me faudra aller à l'hôpital

— Ah, ça !... Jamais !... Attends un peu !...

Elle borda vivement les couvertures ; puis, baisant Pierre çà et là sur le visage, sur les mains, elle ôta son chapeau, sa robe, et guillerette, plus dégourdie en son jupon de laine rose, elle délaça son corset. Il la regardait avec admiration, avec joie, si ému devant l'opulence de ses hanches et de son buste, de sa gorge hardie, qu'il éprouvait déjà un soulagement. Mathilde, afin de ne pas exciter trop d'amour en lui, reboutonna son corsage.

— Attends ! reprit-elle. Tu n'as pas de pantoufles ?

— Non, Mathilde.

— Tant pis !... Attends-moi une minute. Je descends.

Elle s'envola, aussi libre que dans sa maison. Bientôt, elle remontait avec plus d'allégresse encore, en haletant d'une émotion heureuse.

— Tu as une excellente concierge, dit-elle. Le médecin viendra : elle est allée le prendre. Moi, je vais nettoyer la chambre.

— Tu t'agiteras trop.

— Pour qui? Ne suis-je pas ta Mathilde, ton amie, ta véritable épouse !...

Elle balaya la chambre, épousseta, frotta jusque dans les coins, à coups d'un torchon qu'elle secouait par intervalles dans la rue, lava la table, rinça la cuvette dans l'évier commun à tous les locataires, sur le palier. Elle disposa le rideau à la fenêtre, de telle sorte que le jour, sans blesser les yeux par un excès de lumière, dissipa l'ombre triste. Elle s'assit auprès du malade, lui fit des cajoleries, des petits rires d'enfant :

— Nous te sortirons de là, mon Pierrot !...

— Oui, tu es bonne... J'aurai plus de chagrin à te voir partir.

— N'entamons pas ce chapitre, s'il vous plaît. Tu viendrais bien à mon secours, toi, si j'étais menacée de quelque calamité ?... Et bien, ta lettre m'a frappée dans mon cœur d'autrefois. Et la jeunesse de notre pays noir, où nous faisions des rêves de nous unir toujours, m'a rejailli dans la tête, en brouillant d'abord mes idées. Ce souvenir, avec un bruit d'ondes que je ne contenais plus, m'a poussée jusqu'à toi. Et je reste ! et je resterai !...

— Mon Dieu ! mon Dieu !... Est-ce vrai, Mathilde ?...

Sans répondre, elle se leva ; elle lui saisit gravement le poignet, pour tâter le pouls. Il obéissait à ses moindres ordres avec respect, avec un sentiment de son indignité. Un silence religieux, sanctifié par la présence de l'indigence et de l'amour, emplissait la petite chambre.

Tout à coup, un pas énergique retentit dans l'escalier. Ils écoutèrent.

— Ce doit être pour nous, murmura Mathilde.

Elle ouvrit la porte avec tranquillité. Juste, le médecin se présentait, gravissant la dernière marche. Jeune, méfiant à peine, il s'étonna de la beauté, du charme mondain de cette femme dans une maison d'ouvriers. Encore un de ces drames d'amour, plus pittoresques, songea-t-il, parmi la société de Paris, que tous les romans imaginés dans les livres par la fantaisie des poètes.

Mathilde l'avait conduit au chevet du malade. Celui-ci, non sans timidité, s'égara au milieu des explications de son mal, qu'elle rectifiait ou éclairait, très attentive. Le médecin, ayant soulevé les couvertures, ausculta longuement l'épaule, la poitrine de Pierre. Ensuite laissant la femme le reborder, il écrivit son ordonnance et demanda :

— Qui soignera ce jeune homme ? Il irait mieux à l'hôpital !

— C'est moi qui le soignerai, répondit Mathilde.

Le médecin, étonné davantage, insinua :

— Vous êtes sa sœur ?

— Non, Monsieur.

Elle soutint son regard avec une fierté douce. Il sourit des yeux, tendrement aussi derrière son binocle.

Il se retira, plus cérémonieux qu'à son arrivée. Mathilde, comme à la rue Chauchat, avec des politesses de bourgeoise, le salua jusqu'à la rampe de bois. Il voulut une dernière fois la rassurer :

— Ce ne sera rien, Madame... N'oubliez pas surtout les compresses d'eau chaude tous les quarts d'heure.

— C'est bon, Monsieur. A demain !...

Quelques minutes après son départ, Mathilde descendit prier la concierge d'aller lui acheter tout de suite un fourneau à pétrole, de vieux mouchoirs, de l'ouate. La concierge s'empressa de plaire à la dame généreuse. Elle-même monta une seconde chaise, un fauteuil. La chambre revêtit une apparence de gentil ménage, qui ravissait Pierre. Il se laissait naïvement soigner, avec un ennui toutefois de montrer son linge déchiré, son épaule meurtrie. Mathilde le rudoyait un peu, sans s'arrêter à ses plaintes, lorsqu'elle rabattait le col de sa chemise et qu'elle pressait trop fort sur son épaule les compresses brûlantes.

— Tais-toi, douillet !... Je ne t'écouterai pas !

— Ah, pardon !... Ça me traverse la peau, ta chaleur !

— Tant pis, il ne fallait pas te blesser.

— Quel mal le bon Dieu est-il venu me donner là !...

— C'est le bon Dieu, tu as raison... Si tu n'avais pas de mal, est-ce que tu me trouverais près de toi, dans ta chambre ?

— Oh ! tu vas partir.

— Tais-toi !...

Le dernier soleil errait dans le ciel, parsemé de petits nuages d'or et de cuivre. Par les rues du faubourg, les ouvriers rentraient chez eux, en traînant les pieds de fatigue. Des jeunes filles, à peine moins âgées que Mathilde, plaisantaient les amoureux, ou se défendaient de leurs caresses, en riant. Elle les envia d'être libres de leur corps et de leur âme, dès la fin de leur journée laborieuse. Pour cacher son angoisse, la sensation plus aiguë de sa servitude d'épouse, elle mit une main sur ses yeux, se reposa dans le fauteuil, à l'écart. Inquiète davantage, à mesure que l'ombre enveloppait les murs de la chambre, elle soupira :

— Si je pars, qui te soignera, Pierre ?

— Je ne sais pas, répondit-il.

— Si je reste, est-ce qu'il n'arrivera pas malheur à toi et à moi ?

— Je ne sais pas.

— Eh ! bien, non !... Je ne t'abandonne pas !... Qu'on me punisse, si on peut et si on l'ose !...

— Alors, tu restes ?

— Oui !... Mais ne te remue pas !

Il essayait, malgré son lourd malaise, de se soulever vers Mathilde, qui, en le bordant, l'embrassa.

— Et toi ? lui dit-il, je veux que tu penses à toi. Où dîneras-tu ?

— Ne t'occupe pas de moi. J'irai dîner là-bas, chez ta concierge... On sait s'entr'aider, les pauvres.

Elle se rhabilla tout à fait, et descendit. Dans l'escalier, deux maçons, stupéfaits de rencontrer chez eux une dame aussi élégante, la saluèrent franchement, avec une certaine déférence.

Lorsqu'elle remonta, sans bruit : la chambre était confondue de ténèbres. Elle ferma les volets, alluma la lampe, sans que Pierre, bien sage, eût bougé. Croyant qu'il dormait, elle s'approcha du lit, avec précaution ; il ouvrit les yeux, en souriant :

— Alors, c'est vrai ?... Tu restes ?

— Je reste !... Je t'aime trop.

Elle se déshabilla plus complètement que tout à l'heure, ôta même son corsage, afin d'avoir plus d'aisance pour le repos de la nuit et pour son travail de garde-malade. De crainte d'avoir froid, elle se recouvrit bravement de la longue blouse du maçon. Cela fit rire Pierre. Elle lui donna un bol de lait à boire, renouvela sur son épaule une compresse chaude et, de nouveau, sans mot dire, lui offrit son front, sa bouche à baiser. Après quoi, elle s'installa dans le fauteuil, tout contre le lit, au chevet.

— Maintenant, dit-elle, dors.

— Oui... Mais toi, tu vas te fatiguer.

— Non. Fais dodo.

Il ferma les yeux. La lampe à demi-baissée, les deux pauvres, si dépourvus de ressources, isolés dans le vaste Paris, mêlèrent bientôt leurs souffles, si près l'un de l'autre. Pendant la nuit, Mathilde se réveilla très souvent, en sursaut, pour observer le malade, ou pour le soigner. Elle avait aussi, malgré tout, à la pensée de son mari et de mère Adèle, des frémissements de frayeur et de remords. Que pensait-on d'elle-même, rue Chauchat ? On devait la chercher partout. Si Sébastien avait assez d'esprit, il soupçonnerait vite en quelle retraite elle pouvait se cacher : il allait monter jusqu'à la chambre de Pierre, si peu défendue. Dans cette émotion qu'elle faisait souffrir les autres, ce soir, plus qu'elle n'avait jamais souffert d'eux, elle tremblait de honte. Les Lampérie l'avaient toujours aimée, entourée de bienfaits et de gâteries. Sébastien lui avait tout sacrifié, son emploi au ministère, sa fortune, le bonheur de sa mère. Et ce soir, sans qu'ils eussent failli un moment dans leur générosité, elle reniait avec ingratitude, avec cruauté, ce foyer honnête, qu'elle avait ruiné par ses caprices. Même, en se séparant de lui, elle lui arrachait, avec son être précieux, l'unique joie, l'orgueil de vivre, qui y fût demeuré. Mais la honte se dissipait de sa conscience, dès qu'elle reprenait le sens de sa volonté, dans cette chambre de misère où son ami, pour ne pas mourir, l'avait appelée. Elle se sentait alors dans son bien, dans la patrie de son être, revenue à la vérité de sa condition et de son instinct. La douleur qu'elle éprouvait, elle en était fière, parce qu'elle se sacrifiait à l'homme qui, sans elle, serait moins sur la terre qu'un chien qui a des maîtres. Le péché, le mensonge, c'était, pour elle, d'avoir naguère cherché le plaisir dans l'argent, chez des étrangers. Le péché, c'était d'avoir trompé ce bourgeois, trop crédule en sa vanité, qu'elle avait pris pour époux.

Pierre dormait, non sans agitation. Comme si l'inquiétude se fût, par un mystère d'amour, répercutée en son esprit de simple, il rouvrait les yeux subitement, se soulevait en désordre. Aussitôt, vigilante et forte, elle le rassurait.

Le jour blanchissait à peine la chambre, que Mathilde se mit debout. Afin d'éteindre le feu trop vif de sa fatigue, elle se débarbouilla d'eau fraîche à plusieurs reprises ; elle se recoiffa, bien à l'aise, avec autant de zèle que dans son cabinet de toilette, rue Chauchat. Pierre, dans l'épanouissement de l'aurore, admirait les blonds cheveux épais de Mathilde roulant sur ses épaules, sur son dos, et dociles aux inflexions savantes de ses mains, dissimulant une fois son visage, puis reformant ensemble sur sa tête de menues gerbes parfumées qu'elle piquait de peignes d'écaille et d'épingles. Comprenait-elle que les Lampérie ne tarderaient plus à monter à sa rencontre ? Elle voulait devant eux, par une sorte de dignité, paraître dans tout l'éclat de sa beauté souveraine.

Elle prodigua de nouveau à Pierre ses soins et ses caresses. Patiente, elle se reposa dans le fauteuil, en fixant ses yeux sur la porte. Pierre, immobile, la regardait. Gagné bientôt par les appréhensions, il regarda également la porte, sans proférer la moindre plainte. Ils avaient peur, peut-être.

Dans les chambres voisines, les ouvriers faisaient leurs rumeurs de toilette. Ils partirent sans tapage, presque tous à la fois. Et la maison reprit son recueillement de chaque jour.

Tout à coup, des pas précipités, confus, ébranlèrent le silence, dans l'escalier. Pierre prêta l'oreille, en épiant si Mathilde tremblait toujours. Elle avait appuyé déjà ses mains sur les bras poisseux du fauteuil : lentement, elle se redressait avec courage. Aussi calme que dans la maison de ses parents, autrefois, elle ouvrit la porte.

A l'instant même, sur le palier, Sébastien arrivait, blême, dévoré par la souffrance et le courroux. Une seconde, il s'arrêta, haletant d'épouvante. Mais son oncle, en grognant, le poussait. Il s'élança sur Mathilde et, la saisissant aux poignets, cria :

— Toi, ici !... Démon !...

— Tu en doutais ?... répondit-elle, sans révolte d'abord.

— Je viens te reprendre.

— Va-t'en!... Je suis un démon pour toi!

— Mais non!... Il faut nous suivre!... protesta l'oncle, qui essayait de la maltraiter aussi.

Vive, d'un coup de ses reins, elle se débarrassa de leurs étreintes, pénétra dans la chambre, afin de se protéger mieux, avec toute l'énergie de son âme. Pierre, cependant, était parvenu à se dépouiller de ses couvertures. Pour prêter assistance à son amie, il se levait déjà, lorsqu'elle l'aperçut sur la couche défait, les jambes nues.

— Recouche-toi!... lui ordonna-t-elle. Je le veux!...

Aussitôt, se retournant vers les deux hommes, qui l'accablaient d'imprécations et de prières, elle les bourra de ses poings avec obstination :

— Vous n'êtes pas chez vous!...

— Ni toi!... répliqua Sébastien.

— Moi, si!... Je suis où est mon cœur!

— Tu es folle, mon enfant. Le commissaire viendra te prendre, lui, si tu ne nous suis pas. Autant vaut que tu te résignes. Que t'avons-nous fait, chez nous?

Elle recula jusque sur Pierre, comme pour se ranimer d'une force nouvelle. Puis, menaçante de tout son corps qui frémissait du poids de la colère, elle revint contre les deux hommes qui hasardaient leurs mains avides.

— Vous ne m'avez rien fait! dit-elle. Mais je ne veux plus de vous!... J'en ai assez!...

— O ma pauvre femme!

— Je ne suis plus à vous, monsieur!... Et vous, espèce d'oncle, ne m'approchez pas!...

D'un élan à la renverse, sans perdre son équilibre, elle s'empara d'un couteau, sur la table. Eperdus de terreur, ils reculèrent.

— Si vous ne partez pas, je me frappe, moi! cria-t-elle, personne ne m'en empêchera!...

— Ma pauvre femme, on ne te veut aucun mal.

— Alors, laissez-moi!...

— Non, viens...

— Laissez-moi!... Laissez-moi!...

Harassée par la douleur, elle rejeta le couteau sur la table, et joignant les mains contre son cœur qui battait à se rompre, elle s'affaissa bruyamment dans le fauteuil. Sébastien crut qu'elle défaillait enfin dans sa folie, ou qu'un repentir, le sentiment du devoir, éclairait sa conscience. Frissonnant à la fois de tendresse et de crainte, tandis que l'oncle Alcide, adossé au mur, près de la porte, éprouvait une émotion de pitié, il rampa vers Mathilde, pour l'adorer, la supplier, sans être vu de Pierre. Il lui baisa la jupe en murmurant :

— En quoi t'ai-je déplu, ma chère femme? Ne me suis-je pas toujours, depuis que je te connais, sacrifié pour toi?

— Si! Si!... Je n'ai aucun reproche à adresser à qui que ce soit!... Mais je veux à présent qu'on me laisse!...

Elle donna ses mains brûlantes à Pierre, qui, glorieux les saisit, les pressa contre sa bouche. Sébastien suppliait encore :

— T'ai-je défendu, Mathilde, de monter ici, chez Pierre?

— Comment me l'aurais-tu défendu?... Tu ne savais rien!

— Je vois qu'il est malade. Tu reviendras le voir. Suis-nous à la maison. Ma mère te réclame.

— Mère Adèle souffre, comme moi. Elle n'est plus dans son pays, où il faut être... Allons, laissez-moi!...

— Non, tu es à moi!... Tu nous suivras par la force!...

Mathilde, au contact de son mari jaloux, qui lui prenait les bras, tressaillit d'une répulsion de son corps et de son âme. Elle le repoussa brutalement, comme une bête mauvaise, à coups de pied, le griffa de ses ongles en plein visage; puis, exaspérée de son impuissance, elle s'étendit sur le lit en désordre, pour s'attacher à Pierre.

— Je ne veux pas que tu partes! lui disait Pierre, à son tour.

— Je ne partirai pas!... Je ne veux plus les revoir!...

Sébastien, dans le sentiment de sa défaite, le front baissé, gronda :

— Je n'ai pas su te dompter, gueuse!... J'étais trop bon!... Tu seras à moi, je te jure!...

Il ramassa son chapeau, et soufflant d'humiliation et de lassitude, jusque sur le seuil, il épia sombrement la femme ingrate et perfide, qui toujours couchée sur le lit, lui tournait le dos. Il sortit en vent d'orage, suivi de l'oncle, qui toujours gémissait qu'on eût cédé trop tôt à cette enfant du peuple.

Mathilde se délia doucement des bras passionnés de Pierre, pour écouter dans le silence le bruit des deux bourgeois descendant l'escalier. Elle les vit dans la rue s'éloigner ensemble, d'une allure rapide. Qu'allaient-ils entreprendre contre elle? Oseraient-ils, avec l'aide de la police, attenter à la liberté de son corps, à la volonté de son âme?

— Ils reviendront, dit Pierre.

— A leur aise!... Moi, je ne t'abandonne plus. S'il y a des lois plus grandes que notre amour, nous verrons. N'aie point de crainte, va.

Tout le jour, ils palpitèrent d'inquiétude. Aussi, dans la souffrance, la communion de leurs êtres jeunes se fit plus profonde.

Le soir, pendant que l'ombre triste envahissait la chambre, Mathilde éleva la voix gravement :

— Nous allons manquer de ressources, Pierre. Cela me désole. Tes économies s'épuiseront vite.

— Je travaillerai. Et toi?

— Moi aussi. Mais le médecin, le pharmacien, le boulanger, ne font guère crédit aux pauvres... Attends, j'ai une idée!

— Quoi?

— J'irai chez M. Jaume.

— Oh! non, jamais!...

— Tu as peur, nigaud, comme mon mari?

— Ne parle pas de celui-là, non plus.

— Eh bien! M. Jaume est trop bête pour abuser de moi.

— Prends garde. Tu vois qu'il s'est mal conduit à mon égard. Quand il a cru ne plus avoir besoin de mes services, il m'a lâché sur le pavé de Paris.

— Toi, tu es un homme. Il ne peut rien espérer de ta personne. D'abord, je lui raconterai mon aventure, je lui dirai ma décision de ne revenir jamais chez mes bourgeois. Je sais qu'il sera content du malheur des autres... Moi, quand il faut dire la vérité, je la dis!...

— C'est qu'il est avare!...

— Pas avec moi. Je lui en impose.

Elle s'écarta de Pierre, pour allumer la lampe. Il l'admirait toujours, dans la gentillesse de son corps si dévoué. Attendri davantage, il murmura :

— Fais comme tu l'entendras. Puis-je, d'ailleurs, te défendre quelque chose?... Que le Dieu de notre amour te protège!

Le lendemain, de bonne heure, Mathilde partit, en son élégante toilette de promenade. A Saint-Mandé, dans le bois, à peine avait-elle tourné l'angle de l'allée de lisière, qu'elle remarqua, devant le pavillon de M. Jaume, un étrange entassement de meubles. Est-ce que M. Jaume déménageait? Elle pressa le pas. Sur le seuil de la grille, elle dut, oppressée par l'inquiétude, s'arrêter un moment. Par la porte large ouverte, au-dessus du perron, elle vit dans le vestibule, dans la salle à manger, un homme, une femme, à tournure de petits boutiquiers, des crémiers en retraite sans doute, s'agiter parmi la poussière, un balai à la main, et remuer le canapé, les fauteuils. L'homme s'avança pour l'interroger, non sans méfiance :

— Que désire madame?

— Je demande M. Jaume. Il n'est plus ici?

— Il est mort.

— Mort!...

— Oui, madame, il y a quatre jours. Une attaque!... Si je ne suis pas indiscret, que désirez-vous de lui, madame?

— Rien, rien... C'est fini!...

Bouleversée par cet accident de mauvais présage, Mathilde s'enfuit. Mais, au tournant de l'allée, vers la gare, elle faillit, dans la marche hâtive, se heurter aux Baudois qui, bras à bras, parfaitement unis, se rendaient chez M. Jaume. Ils allaient, selon toute apparence, lui emprunter de l'argent, l'embrouiller dans une affaire. Voyant Mathilde si rouge d'anxiété, ils s'amusèrent de la surprendre ainsi, seule, en promenade chez M. Jaume.

— Quelle rencontre! s'écria Léon.

— Je confesse, répondit Mathilde, que je ne pensais pas à vous.

— Mais, que se passe-t-il donc? On dirait que vous avez pleuré? ...

— Mon Dieu, c'est vrai peut-être. Je sors de chez M. Jaume.

— Mais ça ne fait pas pleurer!

— Non, Berthe. C'est qu'il est mort.

— Mort!... Pas possible!...

— Que voulez-vous?... repartit Mathilde, non sans malice, chacun a ses tracas. Qu'allez-vous faire?

— Nous sommes bien attrapés, maugréa Léon, toujours bavard. Nous allions lui emprunter de l'argent.

— Comme moi!...

— Nous autres, nous retournerons à Nézignan-l'Evêque. Il y a toujours, là-bas, de quoi vivre et dormir.

Berthe, pour racheter l'imprudence de son mari, voulut piquer Mathilde :

— Et vous?... Il paraît que vous avez pris la poudre d'escampette, rue Chauchat?

— Oui!... Et je n'y reviendrai plus jamais!...

— Vous plaisantez!... Dites-moi!...

— Bonjour! Bonjour!

Comme une alouette, Mathilde, au lieu de rentrer à la gare, s'envola par une rue sinueuse.

XVII

e matin-là, pendant que Mathilde courait à Saint-Mandé, Sébastien s'était présenté à la maison de Pierre Virazel, rue Germain-Pilon. La concierge, qui défendait avec acharnement les deux enfants pauvres contre les bourgeois, le contraignit, dès le premier étage, à rebrousser chemin.

L'après-midi, l'oncle Alcide, aussi fin qu'un renard, put escalader jusqu'à la chambre de Pierre. Il frappa discrètement, toc! toc!... avec une émotion d'amoureux [illegible] maîtresse. Personne ne répondit. Sans façon, il essaya d'ouvrir. Mathilde, par prudence, avait fermé à clef. Toc! toc!... il insista.

— Enfin, qui est là?... gronda Mathilde.

— C'est moi, votre oncle!

— Laissez-moi.

— Ouvrez, mon enfant.

— A vous moins qu'à tout autre.

— Vous avez tort. J'ai une communication très importante, très importante...

— Non!... Je ne veux plus rien de vous! Oubliez-moi.

— C'est impossible, vous le savez bien.

Aux prières, aux gémissements du vieux, Mathilde frappa du pied le carreau, avec une gaieté légère. Pierre, déjà, irait-il mieux? L'oncle s'effrayait de voir le maçon robuste paraître brusquement sur la porte, lorsque celui-ci, impatient et colère, cria :

— Nous flanquerez-vous bientôt la paix?

L'oncle recula d'un bond, en épiant la porte dangereuse. Dans la pénombre de l'escalier, il se vit bien seul, sans arme. L'odeur de la femme jeune l'attirait. Mais il avait peur davantage. Il grommela des paroles confuses de malédiction, de menace, et descendit.

Rue Chauchat, il apporta plus de tristesse encore. Grossier dans son dépit, il accabla Sébastien de reproches :

— Les amoureux de là-haut ne se décolleront jamais, si la police n'intervient pas.

— J'y pensais, bourdonna Sébastien, qui déchirait un journal stupidement, à menus morceaux.

— Mon Dieu!... soupira mère Adèle. Dire que nous n'avons plus le sou, et que nous sommes plongés au milieu d'une ville immense où personne ne nous connaît!

— Ce n'est pas le moment de se lamenter, ma sœur: il faut agir.

— Pas tout de suite! se récria Sébastien. La maison de la rue Germain-Pilon est remplie d'ouvriers, qui nous seront hostiles. Les deux coupables, si nous n'allions pas avec précaution, avec ruse, pourraient nous échapper.

— Tu n'es qu'une poule mouillée, neveu. Est-ce que depuis longtemps tu n'aurais pas dû serrer la vis à ton épouse? Il ne faut pas avoir de délicatesse avec une femme. La femme, ça n'a pas d'âme, ça n'a que...

— Assez, mon oncle!... Je connais tes nobles théories de vieux célibataire. Tu as peut-être raison, d'ailleurs, mais quand on aime!...

— Te voilà bien avancé, avec ton amour!

On n'osait plus guère interrompre l'oncle dans ses remontrances et ses invectives, car l'argent baissait. Si les affaires, au lieu de s'arranger, se compliquaient par des conflits intérieurs de famille, on n'aurait plus pour subsister, sur une épave, au milieu de l'océan de Paris, que la rente viagère d'Alcide. Celui-ci, d'ailleurs, n'avait-il pas trop raison en la circonstance? Mathilde ne paraissait guère reprendre le chemin du bercail. Peut-être espérait-elle que son mari allait demander le divorce. Mais, puisque Sébastien ne consentirait jamais à la passer entre les bras d'un autre homme, c'était la police que, pour la reconquérir, il fallait employer. Sébastien se résolut enfin à adopter cet emploi de la force. Et, très heureux de plaire à son oncle, en suivant ses conseils, il se coucha, ce soir, plus en paix avec lui-même.

Ainsi que les deux nuits précédentes, il dormit à peine. De très grand matin, il se leva. Pour dissiper ce temps d'aurore, il prépara le café, cira ses bottines, celles de son oncle. Puis, il se retira dans sa chambre. Là, comme il ne cessait de le faire depuis que Mathilde s'était évadée, il savoura, bien seul, la souffrance délicieuse de respirer, dans la garde-robe, les jupes, les manteaux, les jaquettes, qu'il lui avait achetées avec plus d'élégance à mesure, sans lésiner. Il ouvrit le dernier tiroir de la commode, afin de revoir et de palper entre ses doigts jaloux le pauvre linge bien rangé, les mouchoirs de coton, les pantalons sans dentelle, les chemises de toile dure, qu'elle portait autrefois, en cette saison de misère où elle excitait si habilement la foi et les désirs de ses courtisans. Reliques de la vierge blonde, si précieuses qu'elle lui avait toujours défendu d'y toucher! Ne reviendrait-elle pas, au moins, les reprendre? Se trouverait-il là, quand elle reviendrait, pour la retenir entre ses bras qu'il sentait faibles?... Ce matin, il les toucha passionnément, ces reliques sacrées, toutes ensemble; il les porta l'une après l'autre à ses lèvres, sur son visage, avec frénésie. Pourtant, il craignit bientôt de les avoir trop froissées, d'avoir une fois manqué à leur culte. Il les replaça pieusement dans le tiroir, avec le même soin qu'elle prenait des parures de son corps, dont elle savait d'instinct la beauté invincible et la noblesse.

Ce fut en pleurant, très doux, qu'il s'apprêta. A dix heures, il était prêt à partir, son huit-reflets sur sa grosse tête, son parapluie à la main. Mère Adèle, ainsi que l'oncle, l'accompagnèrent jusque sur la porte, en lui disant leurs recommandations. La mère, pour lui donner du courage, le consolait d'espérances qu'elle ne partageait guère.

— Va, Sébastien : tu n'auras pas besoin de la police. Ta femme te suivra. La maladie de son compatriote lui avait tourné le sang. Elle n'ose plus revenir, voilà tout...

L'oncle, de sa voix cavern[illegible]

— Moi, Sébastien, je n'ai pa[illegible]ons. Tu dois t'attendre à une résistance sérieus[illegible]part de Mathilde. Passe donc d'abord chez le comm[illegible]

— Oui, mon oncle...

Sébastien allait sortir, lorsque le timbre sonna, si près de lui. Il ouvrit aussitôt. Stupéfait, il trouva sur le palier un garçon d'une quinzaine d'années, qui lui présentait une lettre, en disant :

— C'est pressé, monsieur.

— Y a-t-il une réponse à vous donner?

— Oui, monsieur.

Sébastien décacheta fébrilement la lettre. Dès les premiers mots de sa lecture, il s'illumina d'étonnement, de joie, tandis que mère Adèle et l'oncle l'interrogeaient des yeux, en balbutiant. Il se tourna vers le jeune garçon, pour le congédier :

— Informez, je vous prie, Mᵉ Larivot que je vais chez lui tout de suite.

Il referma la porte. Puis, rapide, brandissant la lettre au-dessus de son front, il entraîna ses parents dans le boudoir, qui lui parut de nouveau rempli de richesses.

— Qu'y a-t-il donc? bourdonnait l'oncle.

— Un notaire!... Un notaire, rue du Havre, qui me réclame sans délai!... M. Jaume est mort.

— Ah, bah!... s'écria la mère, qui frémit d'angoisse.

— Ce doit être pour l'héritage, neveu.

— Evidemment!...

— Un héritage, mon frère?

— Pardi, oui!

— Que vous êtes crédules, les hommes!...

— En tous cas, le notaire m'attend. Il y a urgence. Je pars.

— Et ta femme, mon fils?... Tu l'oublies encore?

— Au contraire! Si quelque fortune me tombe du ciel, Mathilde sera rentrée ici, j'en suis sûr, avant ce soir. A tout à l'heure!...

Allègre, persuadé que ce jour de soleil lui apportait le salut, Sébastien descendit à la course. Il se garda bien de flâner par les rues. Chez le notaire, un tas de clients attendaient en silence. Les employés, cérémonieux et lents, se renvoyèrent l'un l'autre Sébastien comme une paume, sans comprendre de quelle affaire il parlait. On le remisa dans une antichambre obscure, qui puait la pluie et le paillasson. Fatigué par l'attente, il perdit patience au bout d'une heure, redouta un piège.

Quelle inquiétude, rue Chauchat, on devait souffrir!... L'oncle, un panier en main, était allé chez les fournisseurs acheter des vivres, puis tirer du vin à la cave. Maintenant, midi étant sonné, il épluchait des pommes de terre, et Sébastien ne rentrait pas. Sébastien, dans son enthousiasme, était-il monté à la chambre de Pierre rattraper son épouse? Ces deux nigauds rentreraient-ils ensemble au foyer? L'oncle ne savait plus, pour rassurer sa sœur, et se réconforter lui-même, quelle hypothèse imaginer.

— Ce M. Jaume, disait-il, aurait dû nous prévenir de sa maladie. Il était si original!... D'autre part, je l'avoue, il tenait tant à Mathilde!...

— Hélas! soupira mère Adèle.

— Je parie qu'il lui a légué sa fortune.

— Ce serait trop beau.

— Ce serait trop laid, au contraire. La fortune nous échapperait, à nous autres, puisque Mathilde n'aurait plus aucune raison de réintégrer son domicile conjugal... Mais non, ce n'est pas possible : M. Jaume n'aura pas commis une ingratitude pareille envers nous. On l'a toujours très bien reçu...

M. Jaume, en effet, avait voulu par son testament étonner tout le monde. D'abord, il s'était moqué de ses cousins, les petits crémiers en retraite; ensuite, il s'était vengé des indifférences et des malices de Mme Lampéric la jeune. A ses cousins, sur les 300.000 francs de sa fortune, il léguait ses meubles, plus 20.000 francs, à charge par eux d'entretenir son caveau au cimetière de Saint-Mandé. Il léguait tout le reste à Mathilde, en exprimant, non sans brutalité, que, puisque durant sa vie il n'avait pu par son argent lui donner du bonheur, il lui en assurait, après sa mort, par l'offrande d'une fortune exempte d'hypothèques. Il imposait à l'exécution de son testament une condition absolue. Il exigeait que Mathilde ne jouît de son héritage qu'avec l'autorisation et dans la communauté de son époux.

Sébastien, à la lecture des volontés très précises du mort, ne remarqua que ses bienfaits. Il l'estima d'avoir, par sa générosité, réuni l'époux à l'épouse, de les avoir mariés en quelque sorte une seconde fois, dans la lumière de la richesse.

On ne l'attendait plus, rue Chauchat, lorsqu'il rentra, guilleret, criant, dès que la porte lui fut ouverte, son message miraculeux.

— Bonté du ciel!... s'extasia mère Adèle. Nous ne gaspillerons plus cet argent comme l'autre, je vous le promets.

— Tu ne parleras plus, ma mère, de retourner à Nézignan-l'Evêque, je suppose?

— Hé!... si Mathilde préférait le Languedoc à Paris!

— Allons à table!...

A table, Sébas[illegible] la le testament de M. Jaume en ses moindres [illegible]rès quoi, il conclut :

— C'est donc [illegible] ce soir, vous reverrez Mathilde ici.

Tandis que mère Adèle souriait, l'oncle, absorbé jusque-là dans ses réflexions, fit claquer sa langue de méchante humeur et maugréa :

— Hum!... Tout ça est drôle, les précautions et les contraintes de M. Jaume. Est-ce qu'il se méfiait du bon sens de Mathilde?... Si elle n'acceptait pas l'héritage dans les conditions qui lui sont fixées?...

— Allons donc!... se récria Sébastien. Tu es toujours le même, avec ton pessimisme!...

— Oh! pardon!... Moi, je sais qu'à ta place, j'obligerais ma femme à accepter... Oui, pas de divorce!... La police!... Qu'elle s'humilie, tant qu'elle porte ton nom!...

— Mais elle acceptera! interrompit mère Adèle. C'est forcé. Elle n'est pas si bête que toi!...

— Bon!... Bon!...

Ils se chamaillaient, lorsque le timbre sonna. Sébastien courut ouvrir. Devant lui, Mathilde se présentait, les yeux baissés, dans la lueur blanche du palier.

— Est-ce qu'on peut entrer? dit-elle.

Mais oui!... Mais oui!... bredouilla Sébastien, suffoqué de surprise. Est-ce que tu n'es pas chez toi?

Elle entra, sournoise, en le repoussant.

— Puis-je aller dans ma chambre?

— Mais oui!... Où tu voudras!... Tu arrives à un bon moment. Une grande nouvelle...

Tandis qu'il l'accompagnait, mère Adèle et l'oncle, frémissants sur leurs jambes, balbutiaient leurs flatteries, leur gloire de revoir chez eux l'épouse repentie. Elle aussi, malgré tout, était émue, non de se retrouver dans l'appartement où son mari, ses proches, l'avaient tant aimée toujours, mais de rencontrer des êtres radieux qui lui parlaient d'espérance.

— Mathilde, une grande nouvelle!... Ecoute-moi, avant d'entrer dans ta chambre.

Sébastien, pour la ravir, effleurait ses épaules, lorsque d'un élan elle se déroba, et d'un saut disparaissant dans sa chambre, referma rudement à clef. La chambre lui parut froide, privée du charme de jeunesse et de gaieté qu'elle y avait mis pendant des mois. Sans bruit, de crainte d'éveiller l'esprit mystérieux du foyer qui la maudissait peut-être, elle détacha, dans la garde-robe, la toilette si modeste de la veille de son mariage, puis son chapeau, ses bottines poudreuses. Pour éviter la lumière trop vive, elle ferma un peu les rideaux, sur la fenêtre. Elle commençait à se dépouiller de la riche toilette de promenade que l'argent de son époux avait payée, lorsqu'on frappa.

— Qui est là? demanda-t-elle.

— C'est moi, ma chatte, Sébastien. Je ne peux pas entrer?

Après un silence, où s'apaisaient les battements involontaires de son cœur, Mathilde répondit :

— Une minute!...

Elle se dévêtit complètement, à la hâte. Toute nue, elle se troubla d'une pudeur, devant ce linge et ces parures mondaines, qu'elle reniait à jamais. Au moment où elle enfilait une de ses chemises en toile d'autrefois, elle s'aperçut dans la glace. Elle rougit plus fort de honte, de frayeur, et vite elle recouvrit la beauté de son corps, sa gorge rose, ses bras vigoureux, que les murs de cette maison n'avaient plus le droit de voir. Elle s'étonna, une fois revêtue, que sa toilette de pauvre lui allait aussi bien que jadis. C'est que son corps n'avait pas plus changé qu'un roc de marbre au soleil.

Enfin, dans le dernier tiroir de la commode, elle ramassa ses mouchoirs de coton, ses pantalons sans dentelles. Reliques inestimables, aujourd'hui que revenait le temps de misère et de travail. Elle les roula dans une serviette, noua le paquet solide, puis, après avoir honnêtement rangé sur le lit sa toilette d'épouse, que Sébastien retrouverait entière, elle s'approcha de la porte. Une anxiété ardente la saisit par tous les membres; le feu d'un remords, d'une crainte surtout, lui monta au visage. Car le pas le plus pénible, le plus dangereux peut-être, n'était pas fait encore. Elle devait sortir de l'appartement sans encombre, s'arracher aux prières de ces bourgeois, à leurs menaces. En outre, une voix profonde, obscure, la voix du souvenir, la retenait dans cette chambre, où elle avait proféré si souvent ses mensonges d'amour, dans une contrainte qu'elle exécrait à cette heure comme un péché. Mais, rassemblant ses forces, elle ouvrit, très calme, au moins en apparence.

Ainsi qu'elle l'avait prévu, Sébastien l'avait attendue contre la porte. Mère Adèle, sur le seuil du boudoir, et l'oncle Alcide dans le vestibule, attendaient avec une an[illegible]e pareille. Elle écarta doucement Sébastien pour gagner la sortie. Il l'arrêta :

— Où vas-tu?

— Laissez-moi.

— Et qu'as-tu fait?

— J'ai revêtu mon costume de jeune fille. Je ne suis plus à vous, monsieur. C'est bien fini.

— Quand tu sauras, tu ne t'en iras plus!

— Dis-lui donc tout de suite! cria l'oncle.

— Quand tu sauras, ma chère femme, que M. Jaume est mort.

— Je le sais.

— Ah!... Sais-tu aussi qu'il te lègue toute sa fortune!

— A moi!...

Elle tressaillit d'étonnement, de plaisir, malgré tout. Son paquet à la main lui parut plus lourd. Mais aussitôt, elle se méfia d'une ruse.

— Ce n'est pas vrai!... s'écria-t-elle.

— Mais si!...

— Je n'en veux pas, de cette fortune!...

— Si, c'est vrai!... Je suis allé ce matin chez le notaire. J'allais monter chez ton camarade te prendre.

— Ce n'est pas vrai!...

— Si!... M. Jaume te lègue sa fortune, à la condition que je t'autorise à l'accepter. Tu penses que je n'hésite pas!...

L'oncle, la mère, s'approchaient, anxieux encore, avec un sourire de tendresse. Comme Sébastien, croyant son épouse reconquise, lui tendait ses mains généreuses, elle recula.

— Et, cette fortune? dit-elle. Combien?

— Trois cent mille, ou presque.

— Trois cent mille, avec toi?

— Avec moi, avec nous tous.

— Eh bien! non... Laisse-moi filer!...

Farouche, ayant avec énergie refoulé son homme contre le mur, elle se dirigea contre la porte. L'oncle, alors, se coucha furieusement sur le tapis, tel qu'un chien, et gronda :

— Vous ne passerez pas, imbécile!...

Soudain, au milieu de tant de colère, Mathilde se déconcerta. Mère Adèle, en lui cherchant les mains, se lamentait :

— Mon enfant, tu seras malheureuse! Tu nous rends malheureux!... On t'aime ici!...

Mathilde baissait le front, dans la honte de regarder la brave femme, qui avait pour elle sacrifié son bien et son pays. Sébastien sanglotait contre le mur.

— Reste, ma fille!...

On crut un moment qu'elle se laissait émouvoir. Mais l'amour en elle se ranima plus fort que la pitié. Pierre l'attendait là-haut, dans sa chambre d'ouvrier, où elle avait réellement, par la joie ainsi que par la souffrance, vécu de son cœur. Exaspérée contre les bourgeois qui s'efforçaient de réprimer l'élan de son être, elle s'emporta :

— Laissez-moi filer!... Que la fortune s'en aille au diable!... Laissez-moi, ou je crie!...

A coups de pied, elle repoussa l'oncle obstiné; puis, ouvrant la porte, elle partit.

— Au revoir, Mathilde!... Au revoir!... lui disaient Sébastien et mère Adèle.

— Non, jamais!... Jamais!...

Lentement, elle descendit, sans trouble en ses habits de pauvre. Pourtant, il lui sembla entendre pleurer la bonne mère, que le sens du mensonge n'avait jamais possédée.

Mère Adèle se lamentait toujours. L'oncle s'époussetait la veste, en maugréant qu'il fallait tout de suite courir au commissariat de police. Sébastien, pâle, hagard, se défendit contre une telle extrémité :

— Mathilde, après tout, a le droit de ne pas m'aimer... Ah! l'enfer de la vie!...

— Que ferons-nous maintenant, mon fils?

— Je ne sais plus. Mais je ne retournerai pas à Nézignan-l'Evêque, comme ce lâche de Léon.

L'oncle bourdonnait, plus sombre, des paroles de mépris et de représailles. Sébastien, d'un cri de douleur, lui imposa silence :

— N'injurie pas cette femme!... Je ne veux pas!...

— Elle nous a ruinés!

— C'est vrai. Mais je l'ai voulu...

— Ah! les jeunes gens d'aujourd'hui, quelle mollesse!...

— Assez!... ou je m'en vais!... Elle est partie, oui, à jamais, dit-elle. Mais ce qu'elle n'a pu emporter avec son corps, c'est le beau songe que j'ai fait d'aimer entre ses bras... La vie est un songe... Elle ne reviendra jamais... C'est comme la mort.

Pour se consoler, il pressait entre ses mains tremblantes les mains charitables et douces de sa mère.

FIN

IMPRIMERIE PAUL DUPONT
THOUZELLIER, D^r
4, RUE DU BOULOI, PARIS

www.ingramcontent.com/pod-product-compliance
Ingram Content Group UK Ltd.
Pitfield, Milton Keynes, MK11 3LW, UK
UKHW020457230726
13925UKWH00005B/2007

9 782013 542104